The Odd Woman and the City

A Memoir

怪女人和一座城

Vivian Gornick
[美]薇薇安·戈尔尼克 著　蒋慧 译

作者说明

读者须知：书中人物均为化名，明显特征已做讳饰。一些事件经过重新排序，部分角色糅合多位原型，某些场景亦系拼缀而成。

我和莱纳德在市中心的一家餐厅喝咖啡。

"那么,"我先开了口,"最近生活如何?"

"就像一块卡在嗓子眼的鸡骨头,"他说,"咽不下,也吐不出。现在我只希望别被它噎死。"

我的朋友莱纳德是个风趣聪明的同性恋男人。对于自己的沮丧,他早已习以为常——这种态度鼓舞人心。有一次,几个朋友读了乔治·凯南[1]的回忆录,聚在一起交流感想。

"一个文明而诗意的男人。"一个人说。

"一个满怀乡愁的冷战专家。"另一个人说。

"热情寥寥,但野心勃勃,并且始终知道自己在这个世界上的位置。"第三个人说。

"就是这个男人,让我一生难堪。"莱纳德说。

莱纳德对凯南的看法让我再次体会到修正主义历史的激动人心之处——每天用受害者视角重新审

---

[1] 乔治·凯南(1904—2005),美国外交官、作家、历史学家,曾详述美国对苏联的"遏制政策"。——译者注,以下均为译者注

视世界的本土化戏剧;这也让我想起,我和莱纳德为什么是朋友。

我和莱纳德都抱持受害者哲学。我们生来就会遭遇社会不公——这种强烈的感觉在彼此心中熊熊燃烧。我们的主题是令人不适的生活。我们都面临一个问题:如果没有现成的不公——他是同性恋,我是怪女人——供我们抱怨,我们会自行制造一个吗?我们的友谊致力于探讨这个问题。事实上,这个问题阐释了我们的友谊,它赋予这份友谊特点及风格,并且比我所知的其他任何亲密互动更能揭示普通人际关系的神秘本质。

二十多年来,我和莱纳德每周碰一次面,我们一起散步、吃饭、看电影,不是在他家附近,就是在我家附近。除了看电影的那两个钟头,其他时候我们几乎只是聊天。我们之中总有一方提议,买张戏剧、音乐会或朗诵会的门票吧,但好像谁也没法提前定下晚间会面的确切日期。事实上,我们的交谈是各自生活中最令人满意的交谈,我们一个礼拜也不愿中断。正是与对方聊天时的自我感觉,让我们深深地吸引着彼此。有一次,一天之中有两位摄影师给我拍摄肖像。每张都是我,毫无疑问。但在我看来,我的面孔在其中一张照片上显得支离破碎,在另一张照片上却完好无损。我跟莱纳德的关系也是如此。我们在对方身上投射的自我形象就是彼此心中的那个形象：让我们感到完整无缺的那一个。

那么，也许会有人问，为什么我们每个礼拜不多见几次，一起深入探索这个世界，让彼此每天都能享受交谈的慰藉？问题在于，我俩都有消极倾向。无论置身何种环境，在我们眼中，杯子永远是半空的。要么他在表达感伤、失败、挫折，要么我在表达。我们不由自主。我们也不想这样，可这就是彼此对生活的感觉，而对生活的感觉也不可避免地成了我们的生活方式。

有天晚上，我在聚会上跟一位朋友争论起来，而这位朋友素来雄辩。一开始，我只能紧张地回应他抛出的每一项挑战，但很快我就适应了，并且比他更成功地捍卫了自己的立场。大家围到我身边。太精彩了，他们说，太精彩了。我急切地转向莱纳德。"你刚才很紧张。"他说。

有一次，我跟侄女一起去佛罗伦萨。"感觉如何？"莱纳德问。"这个城市很迷人，"我说，"我侄女也很棒。你知道的，我很难连续八天与别人朝夕相对，但跟她旅行很愉快，我们沿阿尔诺河漫步了几英里，它真美。""真不幸，"莱纳德说，"跟侄女相处太久让你心烦。"

还有一次,我去海边度周末。一天下雨,一天晴朗。莱纳德再次问候我的情况。"神清气爽。"我说。"雨水没能破坏你的兴致。"他说。

我提醒自己,我的言辞会是什么样。我的言辞——永远带着批判的意味,从未停止关注瑕疵、缺失和不完美。我那常常让莱纳德目光闪烁、嘴唇紧抿的言辞。

见面的晚上,我们其中一人会在临别时冲动地提议,这周再聚一次吧。但这个冲动一向短暂,几乎从未付诸实践。道别的时候,我们当然是真心的——只想立刻与对方重逢;可一踏进公寓的电梯,我就开始浑身不适,感觉自己度过了一个充满讽刺与否定的夜晚。没什么大不了的,只是表层损伤——无数细小针尖刺痛我的手臂、脖子和胸脯,但在内心深处的某个地方——一个难以名状的地方,我开始逃避再次遭受这种伤害的可能性。

一天过去了。又一天过去了。该打给莱纳德了,我心想,但那只伸向电话的手却一直动弹不得。他必然也有相同的感受,因为他也没有给我打来电话。那个未能践行的冲动愈演愈烈,成了胆怯。胆怯又演变成无力。当复杂的感觉、丧失的勇气和瘫痪的决心走完整个周期，再次见面的渴望就会变得迫切起来，伸向电话的手终于付诸行动。我和莱纳德之所以觉得彼此是亲密好友，正是因为我们的周期只需一个礼拜就能走完。

●

昨天，我走出街区尽头的超市，余光瞥见一个长期盘踞超市门前的乞丐：一个小个子白人男子，一只手永远伸在身前，满脸都是破裂的毛细血管。"我需要吃的，"他像往常一样嘟囔，"我只需要一点吃的，任何你能匀给我的东西，一点吃的就行。"我经过他时，听到身后有人在说："拿着，哥们儿。你想要吃的？这就是吃的。"我转过身，看到一位矮个子黑人男子站在乞丐面前，他眼神冷酷，伸出的手里拿着一块比萨。"哦，伙计，"乞丐恳求道，"你知道我需要……"男人的声音变得跟眼神一样冷酷。"你说你需要吃的。这就是吃的，"他重复道，"我给你买了这个。*吃吧！*"乞丐显然退缩了。站在他面前的男人转过身，带着深深的厌恶，把比萨扔进了垃圾桶。

我回到公寓楼，情不自禁地跟门卫何塞讲起刚才的事——我必须找人聊聊这事。何塞睁大了眼睛。等我讲完，他说："哦，戈尔尼克小姐，我明白你的意思。我父亲曾为这样的事给了我一巴掌。"这下轮到我睁大了眼睛,"当时我们在看球赛,有个流浪汉找我要吃的。于是我给他买了一根热狗。我爸狠狠地扇了我一巴掌。'你要是想做一件事,'他说,'那就把它做好。你给别人买热狗,就不能不给他买汽水。'"

●

1938年,托马斯·沃尔夫距去世只余几个月时,给麦克斯韦·珀金斯写了一封信:"我有个'预感',想写信让你知道……我想起你,念起你,永远像三年前的七月四号,那日你我在船上相见,我们去河边的咖啡馆喝了一杯,然后爬上那幢高楼的顶端,生命中和城市里所有的奇异、荣耀、力量都在脚下。"

那个城市,当然是指纽约——惠特曼和克莱恩[1]的城市——天才青年来到世界中心这个创世神话的传奇背景,就像置身现实版的《天使报喜》[2],这个城

---

[1] 斯蒂芬·克莱恩(1871—1900),美国作家、记者,代表作有《红色英勇勋章》等。
[2] 又称"天使传报""圣母领报",指天使加百列向圣母玛利亚传报耶稣即将诞生,波提切利、达·芬奇、卡拉瓦乔等许多画家都曾描绘这个场景。这里是比喻年轻的天才预知自己来到纽约后终将功成名就。

市正在等他——而且只等他一人——穿越桥梁，踏过大道，爬上最高建筑的顶端，在那里，世人终将认可他就是那个他自知会成为的英雄人物。

这不是我的城市。我的城市属于那些忧郁的英国人——狄更斯、吉辛[1]、约翰逊[2]，尤其是约翰逊。我们置身其中，哪儿也不去，我们已经在那里了，我们，永远的大地行者，总是徘徊在破旧而奇妙的大街上，在陌生人的眼睛里寻找自己的影子。

18世纪40年代，塞缪尔·约翰逊为了治疗自己的慢性抑郁，开始在伦敦街头散步。约翰逊身处的伦敦是一座灾害之城：曝露的下水道、疫病、贫困；匮乏；照明设施是冒烟的火炬；午夜时分，男人在无人的小巷割破别人的喉咙。在约翰逊笔下，这座城市却是这样的："如果一个人厌倦了伦敦，那他一定厌倦了生活。"

对约翰逊而言，这个城市永远是走出低谷的办法，是安放他强烈不适与巨大不安的地方。街道把他从孤僻中拉了出来，让他再次与人类产生联结，恢复

---

1 乔治·吉辛（1857—1903），英国小说家、散文家，代表作有《四季随笔》《怪女人》等。
2 塞缪尔·约翰逊（1709—1784），英国作家、诗人，代表作有《伦敦》《阿比西尼亚王子》等。

了他慷慨的天性，并为他寻回了对自身才智的热情。正是在大街上，约翰逊写出了经久不衰的言论；也是在这里，他找到了自己的智慧。深夜他在酒馆逗留，找人闲谈，发现同伴也有与他相同的需求，他如释重负：那些一边喝酒一边谈论人类与上帝的人一直聊到破晓时分，因为他们跟他一样，谁也不想回家。

约翰逊讨厌且畏惧乡村生活。那种封闭而安静的街道会让他陷入绝望。在村子里，他反映在旁人身上的存在感消失了。孤独令人不堪重负。城市的意义在于，它让孤独变得可以忍受。

●

我一直住在纽约，但生命中有好长时间，我总在向往城市，正如小镇居民渴望奔赴首都。在布朗克斯区长大就像在乡村长大。年少时我就明白，这世上存在一个中心，而我与它相隔遥远。同时我又知道，它就在几站地铁之外，就在曼哈顿的中央。可曼哈顿远得像阿拉伯半岛。

十四岁那年，我开始搭乘地铁，在隆冬和盛夏走遍整个岛屿。我和与我相仿的堪萨斯人之间只有一个区别，那就是堪萨斯人能一劳永逸地跨出移民的步子，而我在尝试那个大好机会之前，多次向城市进发，又再三回到家中，寻求安慰与信心，体会沉闷和滞缓。沿着百老汇，走上列克星敦，横穿五十七街，从一条河到另一条河，穿过格林威治村、切尔西、下东区，冲下华尔街，爬上哥伦比亚。有很多年，我一直满怀兴奋与期待，漫步在这些街道上，每天夜里我回到布朗克斯区，在那里等待生活真正开始。

在我看来，西区是一个由艺术家与知识分子住宅构成的长矩形；那种丰饶在东区体现在金钱与社会地位上，它令这个城市变得魅力四射、无比刺激。我能真切地感受世界，纯粹的世界。我要做的不过是长大，到时纽约就会属于我了。

小时候，我和朋友们会在附近的街道漫步，散步的范围随年龄的增长逐渐扩大，直到我们成了徒步穿越整个布朗克斯区的小女孩，仿佛在执行一项深入内陆的任务。我们对待街道，恰如乡村小孩对待田地与河流、山丘与洞穴：在我们的世界地图上到处安放自己。我们常常一连散步几个小时。到了十二岁，迎面的行人言谈举止如有些许异样，我们都能立刻明白。如果一个男人走过来说："姑娘们，你们好呀？你们住在附近吗？"我们就会明白。如果一个女人走向商业街却不为购物，我们也能明白。我们还明白，这种鉴别能力让我们兴奋。一件奇事发生后，我们会用几个小时条分缕析,事情在我们眼中常常显得奇怪,因为我们的标准非常苛刻。

一个高中同学带我见识了曼哈顿上城的街道。在这里,有那么多种语言和那么奇特的外表——蓄须的男人,穿黑色和银色衣服的女人。我看得出来,这些人不是工人阶级,但他们属于哪个阶级?还有街上的吆喝!在布朗克斯区,只有那个卖蔬果的男人会喊:"太太!今天有新鲜的西红柿!"但在这里,人行道上有许多人在叫卖手表、收音机、书籍和珠宝——声音洪亮,持续不断。不仅如此,路过的男男女女也会加入讨论:"这块手表能走多久?能撑到街尾吗?""我认识写这本书的家伙,它一文不值。""那台收音机你是从哪里搞来的?明天一大早警察就会来我家敲门了,是不是?"这么多激荡与生机!素不相识的人们相互交谈,争相打趣,高声喊叫,笑出皱纹,闪过怒意。让我们无比着迷的是无处不在的大胆姿态与率性表达:大方的调情,聪明的交谈,相互激发诙谐而热烈回应的人们。

上大学后,另一个朋友陪我走到了西区大道。我从未见过这样宽阔庄严的街道,路边高耸的公寓楼足足横亘了一英里半,每栋楼前都站着一位守门人。朋友告诉我,在这些壮丽的石头建筑里,住着音乐家、作家、科学家、流亡者、舞蹈家和哲学家。要是不去从一百零七街绵延至七十二街的西区大道走上一走，市区之旅就不算完整。对我来说，那些街道成了一种象征。住在这里意味着，我已抵达。让我略有困惑的是，我是会成为住在这里的艺术家或知识分子，还是会成为他们的妻子——我没法想象自己签下租约的情景——但没关系；我终将住进这样的公寓，不管是以何种身份。

到了夏天，我们去莱维森体育场听音乐会，那是城市学院的圆形大剧场。我就是在这里第一次听到了莫扎特、贝多芬和勃拉姆斯。这种音乐会在60年代中期渐渐式微，但50年代末，我在露天看台的石阶上度过了一个个七月与八月，我知道，我就是*知道*，我周围的男男女女全都住在西区大道。管弦乐队登场，灯光在柔和的星夜下慢慢转暗，这时我能感觉到，所有聪明的听众身体前倾，就像一个整体，他们向往音乐，也向往*沉浸*在音乐中的自己：仿佛这场音乐会是他们蔓延到了户外的生活环境。我也向前探去，希望自己的动作跟他们一样聪明，但我知道，我不过是在模仿他们的动作。我还没能获得他们那种热爱音乐的权利。过了几年，我开始明白，或许我根本永远无法获得那样的权利。

我发现自己日渐滑向社会的边缘,此时没有什么比在城中漫步更能抚慰我痛苦而愤怒的心灵。我在大街上看到人们竭力维持尊严的各种方式——生存手段何其多样与新颖,就会感到压力减轻,泛滥的情绪得到了纾解。我体内的每个细胞都能感受到大众对毁灭的拒绝。这种拒绝变成了我的伙伴。我最不孤独的时刻,就是走在熙攘的大街上。我发现,在大街上我*能*想象自己。我想,在大街上,我在争取时间。多好的想法啊:争取时间。它是这些年我和莱纳德都在用的办法。

我长大了,也搬到了市中心,但可以肯定的是,没有一件事如我所愿。我念了书,但文凭没能让我在市中心占据一间办公室。我嫁给了艺术家,但我们住在下东区。我开始写作,但十四街上谁也不读我的作品。通向金牌企业的大门并未向我敞开。辉煌的事业依然遥不可及。

●

朋友们都知道我缺乏物欲。他们拿我打趣,因为我似乎什么都不想占有;我既不知道物品的名称,也没法一眼辨别真伪、区分优劣。这不是因为清高,而是因为物品总让我焦虑;面对颜色、质地、数量——奢华、趣味、俏皮——我有一种农民般的不适,这种不适会引发不安。我一直用少量物品应付生活,因为"物品"让我焦虑。

莱纳德的做派似乎与我截然相反,但说真的,我觉得它是我的翻版。他的家里塞满了日本版画、印度地毯和18世纪的天鹅绒家具,仿佛博物馆的展厅,而他就是馆长。我看得出来,他在拼命填充周围的空间,就像我拼命精减身边的物品。然而,他待在家里的时间并不比我多;他跟我一样,需要感受脚下的大地。

●

大学毕业后,纽约对我来说就是曼哈顿,但对同样在布朗克斯区长大的莱纳德而言,纽约依然是一个个社区。我与他初次相识时——距今已逾三十年,他就会去布鲁克林区、皇后区和斯塔滕岛的街头散步,我却从未如此。他熟悉阳光区、绿点区和红钩区;也熟悉华盛顿高地、东哈勒姆和南布朗克斯。他知道皇后区的某条购物街为何有一半商店用木板封住,布鲁克林有片海滩刚刚修缮,哈勒姆的一座花园种满奇花异草,伊斯特河边的一个仓库已被改成第三世界购物中心。他了解哪里在盖住宅,哪里将被废弃。而且,他熟悉的不仅仅是街道。他还熟悉桥墩、铁路站场和地铁线。他对中央公园和展望公园如数家珍。他熟识伊斯特河上的人行桥、渡船、隧道和环城高速,也深谙斯纳格港、锡蒂岛和牙买加湾。

他经常让我想起战后意大利电影的流浪儿主角:罗西里尼[1]电影里的那些模样俊俏、衣衫褴褛的孩子,他们对罗马的每个角落都了如指掌。每当我们在市区远足,莱纳德在我眼中就成了这副模样:极度渴望获取信息——只有工人阶级的孩子才会这样;那种能让足下大地归你所有的信息。有他当我的向导,社区向四面八方蔓延了好几英里,它们在我无知的眼中常常像未经开垦的土地,直到我开始像莱纳德那样看待它们:一个举世无双的贫民区海洋,不断向迷人而繁华的矩形输送新的生命。

我们这样散步时,时空的特质常常随我们的脚步发生变化。"小时"的概念消失了。街道成了一条漫长而畅通的道路,它在我们面前无尽延展,没有什么能阻挡我们前行的步伐。时间拉长,像小时候那样,几乎无穷无尽,它跟现在的时间截然相反:现在的时间总是稀少,总是紧迫,总是愉快心情的短暂标识。

---

[1] 罗伯托·罗西里尼(1906—1977),意大利导演、编剧、制片人,代表作有《罗马,不设防的城市》《德意志零年》等。

●

在一次新年派对上，吉姆冲过来找我。萨拉点点头，转身离开。一年之前，我跟一个人颇为亲厚，两年之前，我跟另一个人往来密切。今晚我发觉，我已三个月没见过他，六个月没见过她。一个住所离我家相隔三个街区的女人出现了，她眼中闪烁着光芒。"我好想你呀！"她深情低诉，仿佛我俩是战争时期被迫分开的恋人。嗯，我点点头，继续往前走。我们会快乐地拥抱，我和所有人：彼此绝不会流露任何埋怨的眼神或一丝指责的话语。事实上，也没有埋怨的必要。我们就像万花筒里被摇晃的碎片，不过是在亲密交谈的形式中变换了位置。我们之中许多人不久前还经常见面，现在却不再主动邀约，只会偶然碰上：在餐馆里，在公交车内，在一场阁楼婚礼上。啊，但在场的宾客里，有一位我已经多年未见。突然，火花乍现，接下来的六个月里，我们开始每周约会一次。

我经常想起小时候的邻里情谊，某个人，以及所有人。身材圆润的黑眼睛女人们，她们对于当下的需求心照不宣。当你想找人借十块钱时，当你想让人推荐堕胎医师时，当你跟丈夫吵了架，想找人应和你的抱怨时，隔壁邻居叫艾达，还是叫戈尔迪，又有什么分别呢？重要的只是，隔壁有那么一个邻居。这些联结，正如萨特所说，是偶然的，而非必要的。

而我们：有史以来从未像现在这样，将如此之多的聪明才智花在"不可替代的—必要的—自我"这个概念上；也从未像现在这样，由于无法容忍丝毫心理不适，就把这么多人视作偶然的他者。

●

3世纪的罗马作家盖乌斯明白，他关于友情的种种困难都缘于无法与自己和平相处。"无法与自己交朋友的人，"他写道，"便无权期盼别人的友谊。跟自己做朋友，这是人类的首要任务。成千上万人不仅与自己为敌，还会阻挠旁人对他们的好意，他们却最爱这样抱怨：'世上根本不存在朋友这种东西。'"

●

塞缪尔·泰勒·柯勒律治推崇的友谊定义体现了一种源自亚里士多德的理想。柯勒律治生活在感性之人渴望心灵交流的时代，他经常因为没能在友谊中实现这种理想而痛苦；但这种痛苦并没有动摇他的信念，即便在他失去至关重要的友谊时。

1795年，柯勒律治与威廉·华兹华斯相识，当时一人二十三岁，另一人二十五岁。华兹华斯严肃、脸皮薄、防备心重，早在此时，他内心深处便深信自己会成为伟大诗人；相反，柯勒律治聪明、脾气急、自我怀疑到了喜怒无常的地步，已经沉迷鸦片。所有人都觉得他俩注定失败，除了他们自己。然而，到了1795年，一个新世界、一种新诗、一种新的生存方式开始成形，那一刻，华兹华斯和柯勒律治都感受到了在自己身上起效的新意，并在对方眼中看到了它存在的证据。

这种迷恋维持了约一年半。到了尾声，柯勒律治心中的混乱倍增，华兹华斯的骄傲也变得难以撼动。近两年的时间里，他们一直沉浸在对方带来的无尽喜悦中，如今这样的双方已不复存在。倒不是说他们变回了从前的样子，而是说他们不再觉得对方的存在能激发自己最好的一面。

自己最好的一面。数百年间，无论哪种对友谊的基本定义，这都是关键：朋友具备美德，也能证明对方具备美德。对心理治疗文化的追随者而言，这个概念是多么陌生！如今我们无法在对方身上看到自己最好的一面，更别说证实它的存在了。相反，我们会坦率地承认自己的情感缺陷——恐惧、愤怒、耻辱，这种坦率缔结了现代友谊的纽带。没有什么比在对方的陪伴下坦诚面对自己最深层的羞耻更能拉近彼此的距离。柯勒律治和华兹华斯害怕这种自我暴露,我们却将它视如珍宝。我们想被*了解*,连同自身所有的缺点:越多越好。我们的文化存在一种巨大的错觉:我们供认的就是真实的自己。

●

每晚入睡前,我关掉十六楼客厅的灯,看着身边一排排灯火通明的窗户升至天际,我感到自己被不具名的城市居民聚落簇拥着,心中一阵喜悦。这些同样悬挂在空中的人类蜂房,是让大家产生联结的纽约特色。它带来的愉悦让人安心,且难以言喻。

●

电话响了。是莱纳德。

"你在干吗?"他问。

"读克里斯塔·K。"我答。

"她是谁?"他问。

"她是谁!"我说,"她是东欧最著名的作家之一。"

"哦,"他若无其事地说,"书怎么样?"

"有点幽闭,"我叹了口气,"大部分时候看不懂她在写什么,也不知道是谁在说话。大约每隔二十页,她就会写:'今天早上遇到 G 了。我问他,你觉得我们还能这样维持多久。他耸耸肩。行,我说。'"

"哦,"莱纳德说,"又是那种无——唔——聊的书。"

"告诉我,"我说,"你难道从不介意自己听上去像个腓力斯丁人[1]吗?"

"腓力斯丁是个备受诽谤的民族,"他说,"你最近见过洛伦佐吗?"

"没有。怎么了?"

"他又在喝酒了。"

"看在上帝的分上!他又有哪里不对劲了?"

"又有哪里不对劲了?又有哪里是对劲的?洛伦佐有哪里对劲过?"

"你不能跟他聊聊吗?你跟他那么熟。"

"我跟他聊过。我说话的时候,他就不停地点头。'我知道,我知道,'他说,'你是对的,我得振作起来,谢谢你跟我说这些,我太感动了,我不知道为什么把自己搞得一团糟,我真的不知道。'"

"他到底为什么把自己搞得一团糟?"

"为什么?因为他要是不把自己搞得一团糟,他就不知道自己是谁。"

---

[1] 古代神秘种族之一,曾居住在地中海东南沿岸,消失于公元前5世纪,现常用于形容市侩、庸俗的人。

莱纳德的语气激动起来。

"真是难以置信，"他继续咒骂，"他脑子里一团糨糊。我问他，你想要什么，你想要的到底是什么？"

"告诉我，"我打岔道，"*你*想要什么？"

"问得好。"莱纳德冷笑一声。

接下来是好一阵凝重的沉默。

"我这一生，"他说，"只知道自己*不*想要什么。我总有一颗眼中钉，我也总是觉得，等拔除这颗眼中钉，我就能想想自己想要什么。等那颗眼中钉消失了，我却觉得心里空落落的。没过多久，另一颗眼中钉又来了。接着，我又开始一心想着拔除这颗眼中钉。我一直没时间去思考自己*想要*什么。"

"也许你这番话里就暗藏了洛伦佐酗酒的原因。"

"真糟糕啊，"莱纳德轻轻地说，"这么大年纪了，却只掌握了这么点信息。现在，克里斯塔·K可以写点让我感兴趣的东西了。唯一的问题在于，她觉得信息是克格勃[1]追索的那种东西。"

●

我在药店遇到了薇拉，她九十岁了，是个老托

---

1 苏联国家安全委员会，曾为世界四大情报机构之一。

派[1]，住在我家附近一栋无电梯公寓的四楼，她声音高亢，仿佛一直在发表临时演讲。她在等处方，我很久没见到她了，一冲动，便说要陪她一起等。我们在处方柜台旁边一字排开的三张椅子里挑了两张坐下，我在中间，薇拉在我左边，我右边是一个模样和气的男人，他在看书。

"还住在老地方吗？"我问。

"我还能去哪里？"她大声回答，引得取药队伍里的一个男人朝我们看过来，"不过你知道吗，美人儿？爬楼梯让我身强体健。"

"你丈夫呢？他爬得动吗？"

"哦，他，"她说，"他死了。"

"真抱歉。"我嗫嚅道。

她挥手推开空气。

"我们的婚姻并不美满，"她大声说，队伍里有三个人回过头来，"但是，你知道吗？到了最后，这也不重要了。"

我点点头。我明白。家里空了。

"有一点我得说，"她继续说道，"他虽然算不上

---

[1] 托洛茨基主义者，笃信以列夫·达维多维奇·托洛茨基的不断革命论为基础的机会主义思潮。

好丈夫，却是一个很棒的情人。"

我能感觉到，旁边的那个男人身体微微一颤。

"哦，这一点当然很重要。"我说。

"天哪，当真重要！二战时，我在底特律认识了他。我们当时在组织工会。那个时候，每个人都在跟别人上床，我也不例外。但你肯定不相信……"说到这里，她戏剧性地压低了声音，仿佛要向我透露什么重要的秘密，"大多数跟我上床的男人？他们的床上功夫并不行。我的意思是，很差劲，真的很差劲。"

这时，我发觉右边的男人正在强忍笑意。

"所以，当你找到一个擅长这事的男人，"薇拉耸耸肩，"你就不会放手。"

"我完全明白你的意思。"我说。

"你真的明白吗，美人儿？"

"我当然明白。"

"你的意思是，现在的男人依然很差劲？"

"听听我们的话，"我说，"两个谈论糟糕情人的老妇人。"

这时，我身边的男人大笑起来。我扭头看了他好一会儿。

"我们跟同样的男人上床，是不是？"我说。

"是的，"他点点头，"而且得到了同样的满意率。"

一时间我们三人你看看我,我看看你,然后突然一起放声大笑。笑声停止后,我们春风满面。我们一起进行了表演,又各自收到了反馈。

●

我变成现在这个样子,对此我比谁都惊讶。就拿爱情来说吧,我一直以为自己在这方面会跟我这代的其他女孩一样。然而我对为人母和为人妻从来不感兴趣,总是幻想自己身处某个革命的关口,这在同学们当中可谓异类,我一直知道,有一天激情王子会出现,等他真的出现时,生活就会呈现它的终极形态:**终极**是个关键词。巧合的是,的确出现了许多与激情王子相仿的人,但没有出现任何终极的东西。三十五岁之前,我的性阅历与朋友们的并无二致,我还结过两次婚,也离了两次婚。两段婚姻都只维系了两年半,每次都是一个我不认识的女人(我自己)答应嫁给一个我同样不认识的男人(结婚蛋糕上的那个人偶)。

两段婚姻结束后,我才在性事方面成熟起来——也就是说,我意识到自己是一个有性欲的人,而不是一个专门为唤起对方性欲而存在的人;这个进步给我上了一课。我意识到，我享受感官愉悦，但不是好色之徒；高潮时我无比快乐，但不至于地动山摇；我或许连续半年沉迷声色，但我也总在等待紧张的亢奋慢慢消退。总而言之：性爱令人愉快，但它不是我的一切。接着，我又知道了别的道理。

快四十岁时，我跟一个与我彼此喜欢的男人谈起了恋爱。我跟这个男人都被在对方身上感受到的思想能量与心灵能量吸引。不过，尽管他很聪明，受过良好的教育，并且热心政治，但对他来说，释放性欲是他和女人缔结关系的关键。我们相处时，他无时无刻不在触碰我。他总是一进我家就把手放上我的胸脯，也总是一边拥抱我一边探向我的阴部，躺在我身边时也总在试图让我高潮。相恋几个月后，我开始抗议这种近乎本能的举动，这时他伸手搂住我，用鼻尖摩挲我的脖子，并对我耳语："哎呀，你知道你喜欢这样。"而我当时真的爱他，他也真的爱我——我们一起度过了许多难忘的时光，所以我会在这种时候看着他，气恼地摇摇头，就此罢休。

有一天他提议让他走后门——一个我们从未尝试的花样。我拒绝了。第二天，他再次提议。我再次拒绝。"你要是没试过，"他坚持道，"怎么知道自己不喜欢？"他软磨硬泡，我只得屈服：我答应试一次。

"不行，不行，"他说，"你必须答应试三次，到时你依然抗拒，就不再做了。"于是我们试了三次，说实话，我在生理上并没有想象中的那般抗拒——而且我的身体几乎不由自主地有了反应——但是，我绝对不喜欢这样。

"好吧，"我说，"我已经试了三次，不想再这么做了。"

我们躺在床上。他用鼻子磨蹭我的脖子，对我耳语："哎呀。再试一次吧。你知道你喜欢这样。"

我躲开他，直直地看向他的眼睛。"不要。"我说，声音里的决绝把我自己也吓了一跳。

"你真是个奇怪的女人！"他冲我大发雷霆，"你明知自己想这么做。我知道你想这么做。但你却在抵触它。还是说，你其实是在抵触我？"

我再次凝视他：只是这回跟以往任何时候都不一样。这个男人强迫我做我不愿做的事，而他绝不会以这种方式强迫其他男人：告诉对方，你不知道自己想要什么。我感觉自己的眼睛眯了起来，心也凉了。这是第一次，但不是最后一次，我清楚地感觉到，男人跟我不是同一种生物。相异，且陌生。仿佛有层无形的薄膜隔开了我和我的恋人，它足够精细，能被欲望穿透，但也足够朦胧，能让人类的情感变得晦涩难解。对我来说，薄膜对面的人似乎并不真切，我想，我在他眼中也是如此。这一刻，我不在乎以后还会不会跟男人上床。

此后我当然还是会跟男人上床——跟这个男人分开后，我依然体验过无数次爱、争吵与幸福——但那层精细而无形的薄膜常常萦绕心头；记不清有多少次，当我凝视恋人的面孔——他虽然爱我，却不相信我跟他一样需要某些东西，才能感受到生而为人的尊严——我就会看到那层薄膜闪闪发光。

后来，我认识了一些女人，她们会用别的方式诠释这种经历，但当我提起那层无形的薄膜，她们立刻明白我在说什么。她们大多会耸耸肩，说，这在所难免。她们已经平静地接受了由来已久的安排。我知道自己做不到。对我而言，它就像二十层床垫之下的那颗豌豆：一个我永远无法适应的心灵烦恼。

工作，我对自己说，工作。我心想，我要是将自己刚刚变硬的心完全投入工作，就能成为在世上占有一席之地的人。到时候，放弃"爱情"又有什么大不了的呢？

事实证明，它远比我想象中的重要。随着时间的流逝，我发觉爱情就像注入我情感神经系统的染料，完全沁进了这张由渴望、幻想、情绪织就的布料。它纠缠我的心灵，是深入骨髓的疼痛；它深深地嵌在灵魂的结构中，会灼伤直视其影响的双眼。它会引发我余生的痛苦和冲突。我珍视自己坚硬的心——这些年我对它一直爱护有加，但失去爱情的痛楚仍能令它饱受折磨。

●

我家门前的马路上竖起了一道路障，围住了人行道上两块刚浇的水泥地。路障附近有一条供行人使用的窄木板，木板旁边是一道不牢靠的栏杆。一个寒冷的冬日早晨，我正准备抓着栏杆通过那条窄木板，这时一个男人出现在木板的另一端，与我有相同的打算。这个男人个子很高，瘦得厉害，极其年迈。我本能地向前探去，朝他伸出手。他也本能地抓住我的手。我们谁也没有开口，直到他顺利通过木板，站到我的身边。"谢谢，"他说，"非常感谢。"我心中一阵激动。"别客气。"我尽量让自己的声音与他一样平静。随后我们分开，各自继续赶路，但在那天接下来的时间里，我觉得那声"谢谢"一直在我的血液中流淌。

关键在于他说话的声音。那个声音！有力、洪亮、沉着；仿佛不知道自己属于一位老人。这个声音里没有一丝恳求的意味，人们向老人提供些许帮助时，常常会在他们的声音里听到恳求的意味，仿佛老人在为自己占用这个世界的空间致歉——"你真好，真好，太好了"，而你所做的不过是拦下一辆出租车，或是搭手从购物车里取出几样商品。这个男人却知道我并没有帮上什么大忙，因此他不必感激涕零。他为我俩唤起一个普遍的认知，即每个遇到困难的人都有权期待帮助，每个旁观者也都应该伸出援手。我伸出了我的手，他接受了我的帮助。有那么三十秒，我们站在一起——他没有苦苦哀求，我也没有居高临下——苍老的面具从他脸上滑落，年壮的面具从我脸上褪下。美国混乱，全球荒蛮，人人戒备，在这样的大环境之下，我们只是互相看到了对方的全貌。

●

莱纳德有个名叫汤姆的朋友，他是一位著名的寓言搜集者。汤姆觉得，单单清晨起床这件事，就叫他苦恼不已；寓言给他安慰，也让他振奋。前几天，莱纳德向我复述了汤姆最近搜集的两则寓言。第一则是："一个女人从邮轮上掉进了大海。几个小时后，大家发现她不见了。船员掉头往回开，居然找到了她，因为她依然在游泳。"第二则是："一个男人决定自杀,从一座高桥上跳了下去,在半空中改了主意,于是他变换成跳水的姿势,活了下来。"生活就是地狱,人人注定会死,但你还得继续游泳。

"你为什么觉得第一个故事的主人公是女人,第二个故事的却是男人?"我问莱纳德。

"但那个男人是个同性恋,笨蛋!"他答,"那个女人是从船上摔下去的,不是跳下去的,要是遇上事故,她就完了;她立刻开始游泳。而那个男人只是没拿定主意要不要自杀。等他决定好是生是死,已经掉到了半空。同性恋,绝对是个同性恋。"

●

有两种友谊:一种是,他们能激发彼此的生机;另一种是,必须先焕发生机,才能跟对方相处。面对第一种友谊,大家为了相聚竭力扫清障碍;面对第二种,大家在日程表上寻找空位。

过去我以为这种区别体现在一对一的关系上,现在我已经改变了想法。如今我觉得,这关乎气质。也就是说,有些人天生容易被激发,而对另一些人来说,这是一项职责。那些容易被激发的人渴望表达自己的感受;那些觉得这像职责的人,则容易陷入忧伤。

纽约的友谊是一种教育，让人学会如何在沉迷忧伤与醉心表达之间挣扎。人们渴望逃离某个人的囚禁，想要遁入另一人的承诺：这样的人在大街上比比皆是。有时候，在这样的冲击下，这个城市仿佛摇摇欲坠。

●

几周前，一位跟我住在同一楼层的女士邀请我周日一起用早午餐。这位女士在小学任教多年，但她只把教书当作一种谋生手段。她说，在*现实生活中*，她是一名演员。一起用早午餐的人——他们的年纪都在四五十岁上下——相互并不熟悉，有些人甚至完全陌生，但很快大家就发现，席上的人都只把工作当谋生手段；他们都觉得自己从事艺术，虽然并无实质进展。大家纷纷聊起诸如试镜失败、无法付梓，或是没能在画廊展出作品的经历，礼拜天早晨的闲谈因此变得热火朝天。每段谈话的结尾都是"我没有好好准备"，或是"我早就知道我该重写一下开头"，或是"我附的幻灯片不够多"。令人惊讶的是，每声自责都引起了别人的同情。"哦，你对自己太苛刻了！"这话我听了不止一次。然后，突然之间，一个沉默已久的女人看着上一个发言的人，开口道："你对自己太苛刻了。"

"我离婚后,"她说,"不得不卖掉韦斯特切斯特[1]的房子。一对经营中国家具及艺术品进口生意的夫妇买下了那个房子。我离开前的一个礼拜,他们开始往里面搬东西。有天晚上,我走进地下室,开始翻看他们的板条箱,发现了一对好看的瓷瓶。我一时冲动,拿走了其中一只。我想,他们什么都有,我什么都没有,为什么不拿走一只呢?搬家时,我带上了那个花瓶。一周后,那个丈夫打电话给我,他说发生了一件古怪的事,那对花瓶凭空消失了一只,他问我知不知道是怎么回事。我说,不知道,我的语气听上去跟他一样困惑,我说我对此一无所知,我根本从未见过那只花瓶。当时我感觉糟透了。但我不知道该怎么办。我把那只花瓶放进了壁橱,再也没有看过它一眼。十年过去了。我开始思索花瓶的事。很快这就让我心神不宁。去年我终于忍无可忍。我仔仔细细地将花瓶包好,给他们寄了回去,另外还给他们寄去了一封信,信上说,我不知道自己当时是怎么了,不知道自己为什么要把属于他们的东西带走,还说,我并不祈求他们的原谅,只是想把它还给他们。过了几个礼

---

1 纽约北部的郊区郡,经济发达,居住者多财力雄厚。

拜，那个妻子给我打来电话。她说她收到了我那封奇怪的信，她不知道我在说什么，接着那个包裹到了，里面是一大堆碎片。我带走又送回的，究竟是什么？"

●

我和莱纳德坐在他家的客厅里，我坐在高高的灰色天鹅绒椅子里，他坐在棕色的帆布沙发上。

"前阵子，"我告诉他，"有个人批评我，说我爱吹毛求疵。我想，真好笑！你认识我有十年了吧。但你知道吗？我*厌倦*了为自己的吹毛求疵道歉。我为什么不能吹毛求疵？我喜欢吹毛求疵。吹毛求疵让人心安。绝对真理。确凿事实。我多喜欢这两样东西啊！我希望把它们拿回来。我难道不能把它们拿回来吗？"

莱纳德哈哈大笑，手指焦躁地敲击着漂亮沙发的木扶手。

"以前大家看上去都很成熟，"我说，"现在没人这样了。看看我们自己。要是生活在四五十年前，我们一定跟我们的父母一样。现在我们成了什么样？"

莱纳德站起来，穿过房间，走到一个关着的柜子前，拿出一包撕开的香烟。我惊讶地看着他的举动。"你在干什么，"我问，"你不是戒烟了吗？"他耸耸肩，从那包烟里抽出一根。

"他们通关了,"莱纳德说,"仅此而已。五十年前你走进一个写着'婚姻'二字的衣柜。在衣柜里,有两套衣服,它们是如此硬挺,简直能自行站立。女人穿上那条名为'妻子'的裙子,男人穿上那套名为'丈夫'的西装。就这样,他们消失在衣服里。如今,我们无法通关。我们赤身裸体地站在这里。仅此而已。"

他划了一根火柴,用它点燃香烟。

"我不适合这种生活。"我说。

"谁又适合呢?"他说,朝我的方向呼出一口烟。

●

上午十点的二十三街,两位老妇走在我面前,一位穿粉红色尼龙毛衣,另一位穿蓝色尼龙毛衣。"你听说了吗,"粉衣女人说,"教皇呼吁资本主义善待穷人。"蓝衣女人答:"资本主义如何回应?"我们穿过第七大道时,粉衣女人耸耸肩:"到目前为止,它还没有发声。"

到了中午,杂货店柜台前站着一个男人,他盯着自己手里的零钱。"你找了我 8.06 美元。"他对收银机后面的年轻女人说,"我觉得你找错了。"她看着那些硬币,说:"你说得对,应该是 8.60 美元。"然后，她把正确的数目给了那个男人。他依然盯着自己摊开的手掌。"你把6和0的位置弄错了，"他说，"应该反过来。"这下，女人盯着零钱发起了呆。男人终于转身离开，我同情地摇了摇头。我把自己买的东西堆到收银台上，这时她叹息道："我一天到晚都在遭什么罪啊！你相信吗？有人拿着一件商品来到收银台。价格标错了。我立刻发现价格不对。我告诉他：'听着，这个价签是错的。相信我，我熟悉价格，我在这里干了两年了。'他对我说：'这没什么好骄傲的。'然后大步流星地走了。"

下午三点，公园大道上有一对样貌出众的情侣，他们站在华丽的摄政酒店的遮阳棚下。男人有一头铁灰色的头发，五官周正，穿一件昂贵的大衣。女人瘦得像个酒鬼，一头金发烫成了大波浪，穿貂皮大衣。我从他们身边经过时，她刚好抬头看他，一脸笑意。"真是个*美妙的下午*。"她说。男人热情地拥抱她，他看着她的脸，点点头。这一幕激发了我心中的感激之情：看到有钱人展露淳朴的人性，这是多么愉快的事！后来我遇见了萨拉，她是我认识的一个乏味的社会主义者，我向她描述了公园大道的那对情侣。她带着一贯的马克思主义者式阴郁听完了，然后说："你觉得她懂什么叫美妙的下午吗？"

●

20世纪40年代，纽约诗人查尔斯·雷兹尼科夫[1]在街头散步，这个城市就是他出生的地方。雷兹尼科夫并不孤独——他结了婚，在政府机构工作，也有文学界的朋友——只是，他作品的清澈气质源自他内心的平静，这种平静是如此强烈，也是如此鲜明，读者不禁以为，他之所以漫步街头，是因为只有街道才能唤起他自身的人性，而他需要这种提醒：

夜幕降临时我走在四十二街。
隔街相望的是布莱恩特公园。
在我身后有两个男人，
他们的交谈能被我听见。
"你必须做的，"其中一人告诉同伴，
"是确定自己心之所向，
"然后坚持到底。坚持到底！
"最终你就必然成功。"

我转身去看进此良言者
见他年长，我也并不意外

---

[1] 查尔斯·雷兹尼科夫（1894—1976），美国犹太诗人、作家，代表作有诗集《在曼哈顿河边》等。

可他真诚劝谏的同伴，
竟跟他一样年迈；
这时公园对面的高楼顶端
一面大钟开始闪闪发光。

人类跨越孤独发现彼此的戏码，一次又一次在街头漫步的雷兹尼科夫眼前呈现：

二战时期，有天夜里，我步行回家
拣了一条平日少走的路。商店都已打烊
仅剩一家开着——一个小小的水果铺。
一位意裔老人在店内等候顾客光临。
付钱时我发觉他很伤心。
"你很伤心，"我对他说，"何事让你忧愁？"
"是的，"他说，"我很伤心。"他没看我，用平淡的语气继续开口：
"我儿今天去了前线，而我与他从此无法再见。"
"别这么说！"我说，"你们定会再次相见！"
"不会的，"他答，"我与他从此不会再见。"

后来，战争结束，
我不由得再次走上那条马路，

又是一个黑暗寂寥的深夜,

又一次我见那老人独坐店内。

我买了一些苹果,将他细细打量:

他满是皱纹的面孔神色凝重,

但并不十分悲伤。"你儿子怎么样?"我问,

"从战场上回来了吗?""回来了。"他答。

"没受伤吧?""没有。他身体健康。"

"那就好,"我说,"那就好。"

他从我手上接过那袋苹果,在袋内翻检,

取出一颗快烂的,

换上一颗完好的。

"他是圣诞节回来的。"他又说道。

"多好啊!太棒了!"

"是的,"他柔声说,"太棒了。"

他再次从我手上接过那袋苹果,

取出一颗小的,放进一颗大的。

我经常在想,雷兹尼科夫倘若漫步在今日的街头,会写出怎样的诗作。

●

"独处时人人真诚,"拉尔夫·沃尔多·爱默生说

过,"一旦他者登场,虚伪便开始萌芽……因此从本质上讲,朋友是一种矛盾的存在。"

●

我与一位住在市中心的剧作家有过一段恋情。这个男人有两个特点:他曾经酗酒,而且不敢离开城市。到了当时的年纪,我本不该觉得他富有诗意,却产生了这样的错觉。他承诺保持清醒,这一点他做到了。他承诺对我忠诚,这一点却没能做到。他离开后,我很痛苦,一半因为心碎,一半出于愤怒。"你要离开*我*?"我大吼,"应该是我离开你。"

一个酒鬼,莱纳德耸耸肩。

一个前酒鬼,我解释道。

我才不管他是哪种酒鬼,莱纳德说。

此刻我们走在市中心的第六大道。突然之间,我记起弗兰克·奥哈拉[1]的一句妙语,我不知道自己为什么会记起它,或许是因为想起了那个剧作家。这个句子我是在炮台公园城看到的,它由嵌在步道栏杆里一个个铁字母组成。"你无须离开纽约,就能饱

---

1 弗兰克·奥哈拉(1926—1966),美国"纽约派"诗人、作家,代表作有《紧急中的冥想》等。

览绿意,"奥哈拉写道,"我甚至无法欣赏一片草叶,除非知道附近就有地铁、唱片店,或是人们不悔此生的其他迹象。"我向莱纳德复述了这句话,他愉快地笑弯了眼睛。"一位过誉的诗人,"他说,"不过有些诗他的确写得非常好。"

"是的。"我点点头。奥哈拉的句子在我脑中不停重复,我开始心驰神往。

"遗憾的是——"莱纳德说。

"他英年早逝。"我打断道。莱纳德盯着我。

"他唯一的传——记是那么浅——薄。"

"哦!"

"*说*——真的,"他盯着我,"没法跟你好好聊天了。"

"好吧,好吧,"我打起精神,"没错,他的确值得拥有一本好传记。"

"他本人不见得有多值得,"莱纳德说,"他一直是个疯狂的坏小子,天晓得那部传记会写成什么样,但他的一生是那个时代的象征。彼时正值美学取代政治的时代(50年代),你知道的,那个时候同性恋总是很受欢迎。那时战争刚结束,纽约迎来了最美好的时候,一些人觉得自己足够勇敢,足够无畏,能够公然地我行我素。如果你有一种优越感——就像奥哈拉那样,你就能突破限制。他做到了。而且,正因为他做到了,正因为他胆大包天,*侥幸成功*,世界才有了转变。"

我们经过无线电音乐城[1]时,莱纳德抬头看向那座俗丽的老电影院。"你必须拥有美貌、品味和藤校学子的自信,"他说,"这些奥哈拉都有。而我这样的人,根本不敢尝试。"

说完这些,他陷入了沉思,显然十分难过。

我推推他。"不过,要是当年奥哈拉失败了,现在你就不会跟我一起在这里散步了,"我笑着说,"甚至*我自己*也不会在这里散步。"

他勉强跟我一起笑了起来。他不愿放弃自己的抱怨。对他来说,这些抱怨跟讽刺同样重要,而讽刺——他说讽刺救了他一命。*那*是他永远不会放弃的东西。

夜里我们去一对精神分析师夫妇家中用晚餐,这两人我们都不大熟悉。席上的宾客仇视同性恋,崇拜"价值观",热衷谈论文化。晚餐是珍馐美馔,谈话内容却是垃圾食品。分析师们轮流与我对谈。我感

---

[1] 位于纽约曼哈顿第六大道,是美国人的娱乐胜地,也是世界上最大的室内剧场。

觉自己被困住了。为寻求安慰，我不住地转向莱纳德，但我在席上孤立无援。他不爱说话，近乎冷漠，我无法打破这个局面。后来我们走在幽暗寂静的马路上。夜里很冷。过了一会儿，莱纳德对我说："他们对我不感兴趣，但我有趣的一面会让他们害怕。"

他的话没能让我们变得亲近——我已经在他的面前孤独了太久——但它让这个原本毫无意义的夜晚变得清晰起来，生活因此松快了一点。

我和莱纳德的友谊始于我对爱情定律的引用：那些包含期待的定律。"我们是一体的，"与他相识不久，我便断言，"你就是我，我就是你，我们的责任就是拯救对方。"多年以后我才发现，这个看法并不正确。事实上，我们只是两个孤独的旅人，各自跋涉在生活的国度里，我们不时在边疆碰面，只为互相通报边境的近况。

●

我所住大楼的前门距地铁站只几步远，路上一直站着一个行乞的男人。两年多了，他几乎日日站在这里。他名叫亚瑟，是个黑人，三十来岁，模样俊俏，穿戴齐整。他手拿纸杯，用热情、耐心的声音一遍遍吟诵："女士们，先生们，不知可否帮我一把，我没有地方过夜，饥肠辘辘也渴望一点食物。我不喝酒，不吸毒，不参与任何犯罪活动。这种艰难时刻，我只想得到你们的支持。不管给我什么，我都感激不尽。"

我几乎从不给亚瑟钱——身为左翼后裔，我坚决反对行乞——但任何人与我说话，我都会接茬。我和亚瑟每天早上都会闲聊几句。（过得好吗？挺好的，你呢？不赖，不赖。别在外面待太久，今天会降温。）有时候我着急赶路，便只朝他挥手问好。他也总是拿我打趣。"今——天看上去很美哦，"他喊道，"非常美。"我哈哈大笑，他的声音跟随我的脚步，继续以那种温柔、戏谑的方式呼唤我。

前几天，我刚准备进大楼，一个男人从地铁站走了出来。那人猛地躲开亚瑟的手，仿佛在躲避某种瘟疫，他满脸都是深深的嫌弃。亚瑟继续小声念叨，仿佛什么也没发生，但我非常不适。"这算怎么回事？"我喊道，"你打算一辈子都这样吗？"

他笑盈盈地低头看我。我跟其他人一样，也是他的目标。"女士，"他开始老生常谈，"我也找过工作，但上帝不愿意帮我，他想尽一切办法找我的麻烦，我就算饿死街头，他也不会在意。"

亚瑟很聪明，口才也好，但我同样擅长表达。

我站在那里与他辩论。接着，他话讲到一半，突然说："假期何时结束，我会自行决定。"

我盯着他。我不知道他在我脸上看出了什么，但他的脸色明显柔和下来。他轻轻地说："这跟你年轻的时候不是一回事了。"

●

70年代末，我高举激进女权主义的大旗，有一次受邀为一所小型女子学院的毕业典礼致辞。我给母亲打电话，跟她讲述自己得到的荣誉。

"你受邀去毕业典礼上致辞？"她难以置信地惊呼道。

"是的。"我说。

"你的意思是，有人写好讲稿，然后由你去念？"

"不是，"我说，"我自己写，也自己讲。"

"告诉我，"第二天她说，"他们为什么会邀请你。我的意思是，他们为什么会邀请你这样的人。"

"妈！"我说。

又过了一天。"你致辞前，要让他们审核讲稿吗？"她问，"我的意思是，院长，或是别的什么人，要检查你的发言稿吗？"

"不需要……"我叹息道，"我不需要给任何人审核。"

她的目光静静地落在我的脸上。

"*嘿*,"最后她说,"他们要是不喜欢你的致辞,最多也只能叫你回家。"

意思是:毕竟,这是美国,他们没法杀了你。

●

我早就知道,生活要么是契诃夫式的,要么是莎士比亚式的。我家的生活属于哪一种,结论显而易见。我母亲躺在昏暗房间里的沙发上,一只胳膊搭在额前,另一只按在胸口。"我真孤单!"她喊道,女人们——以及男人们——的空洞安慰从公寓的每个角落传来,他们想以此缓解自己眼中那颗高贵灵魂正在经受的剧烈痛苦。但她拒绝安慰,带着难以压抑的不满闭上了双眼。她渴求的精神安慰,这些人谁也无法提供。他们不是对的人。她身边的都不是对的人。只有一个人是对的,现在他死了。

她认为爱的地位堪比圣杯。找到真爱,不单单是体会鱼水之欢,更是在宇宙中占据一席之地。她告诉我,她嫁给我的父亲时,心上的云翳消散了。这是她的原话:云翳。爸爸拥有魔力:他的神情,他的抚摸,他的理解。在这句话的结尾,她身体前倾。*理解*

是魔法般的词语。她说，没了理解，她就感受不到自己的存在；有了理解，她就能感到生活有了重心，感到自己在世界上有了一席之地。在我父亲面前，她以一种前所未有的深刻回应诗歌、政治、音乐、性爱：一切。她夸张地闭上眼睛。*一切*。他死后，她说，"一切"都随他而去。她心上的云翳又回来了，而且它比从前更加灰暗：如今它遮天蔽日。

沮丧是强烈的，显然也是无法改变的，岁月无法将其冲淡分毫。她没法忘记自己曾经拥有的绝对*"正确"*。现在，无论摆在她面前的是什么，她都无法接受。再也没有什么事是对的事，再也没有什么人是对的人。对不尽如人意的拒绝开始枝繁叶茂。

我变成了跟母亲一样的人。我从小发现，倘若得不到聪明的回应，我就感受不到自己的有趣。我需要志同道合的伙伴，但身边的人没法提供我想要的回应。我总在给街坊邻里的孩子们讲故事，那些故事改编自学校里、杂货店里、我所住大楼里刚刚发生的事。我先叙事，然后总结，告诉他们这个故事的意义。接着，我希望有人能说上一两句，好让我知道他们能听懂我的话。然而，热切的目光消失了，他们的表情变得困惑或不满，最后，总会有人问："你这是什么意思？"

我变得焦躁不安、尖酸刻薄，总是愤愤不平。"你怎么能这样说！"我早在到达法定投票年龄之前，就会这样大喊。母亲的匮乏感令我心烦意乱，仿佛我的理想朋友一出生就背叛了我，现在我只能注意到眼前这个朋友的不足之处。

"一群人跟另一群人并无二致。"济慈未满二十五岁就明白的道理，我永远也不会明白。那是一种莎士比亚式的生活。济慈将自己的经验发挥得淋漓尽致，最简单的交谈就能与他自身澄明的内心世界沟通，因此几乎任何人都能与他沟通。他生活在心灵的天堂里，而他的心灵只需用自己的交谈滋养。我的余生却徘徊在自我放逐的炼狱里，我永远在寻找那个对的人，等待与之交谈。

这条死胡同很快就通向了傲慢的道德说教。我经常宣扬"大写之爱"的意义与本质，也是那个街区唯一这样做的十四岁女孩。真正的爱，诚挚的爱，正确的爱。我斩钉截铁地宣称，当你遇上爱情，你会立刻知道。如果你不知道，那它就不是爱。如果它是爱，无论面前有什么阻碍，你都应该毫不犹疑地投身其中，因为爱是登峰造极的热烈，是无可比拟的快乐。正是我一次又一次重复这些话时的笃定之感，在我身上留下了深深的印记。

在我目空一切地谈论大写之爱的同时，我也是一个总在幻想的女孩，我幻想自己站在某个大礼堂的舞台上，或是站在某个公共广场的讲台上，为成千上万人演讲，号召他们投身革命。我确信自己某天会拥有让人们采取行动的口才与远见，这份确信令我暗自激动。有时我感到困惑，我该怎样平衡革命推动者和爱情信徒的身份？于是我脑中不可避免地浮现出这样的画面：我站在舞台上，因革命理想而容光焕发，一个爱慕我的男人站在听众席上，正等我走下讲台，投入他的怀抱。这幅图景似乎涵盖了所有的要素。

十多岁的最后那几年，我脑中那幅领导革命运动的图景神秘地变得复杂起来。我当然知道，有意义的生活包含真正的工作——在世上从事的工作——但现在我似乎开始想象，为了开展这项工作，我需要一个理想的伴侣。我心想，如果身边有一个对的人，我就能实现一切。没了对的人——不行，那实在不堪设想。没有那个对的人，一切都将成为泡影。重点从开展工作变成了为开展工作而去寻找那个对的人。渐渐地——但是显然，找到对的人似乎就成了我的工作。

在大学里，我的女性朋友们都是文学爱好者。我们要么认同乔治·艾略特笔下的多萝西娅·布鲁克[1],误以为书呆子就是智者;要么认同亨利·詹姆斯笔下的伊莎贝尔·阿切尔[2],把坏心肠的奥斯蒙德当作文雅之士。认同多萝西娅的女孩被她对"道德标准"的骄傲坚持深深打动,不认同的女孩则觉得她是个保守的榆木脑袋。认同伊莎贝尔的女孩欣赏她在情感上的远大抱负,不认同的女孩则认为她天真到了危险的地步。不管是前者,还是后者,我和我的朋友们都觉得自己是其中一人的潜在化身。我们的担忧有多深,取决于我们对这两位虚构女性的迷恋有多深。

《米德尔马契》和《一位女士的画像》中都有一个问题,即漂亮、聪明、敏感的女主角误把孽缘当成了良配。这个问题的发生,在我们眼中似乎合情合理。这样的事每天都在上演。我们当中不乏一些优雅、聪颖、美貌的年轻女性,她们爱上了或是即将爱上一些头脑空空、精神贫瘠、注定会把她们拖向深渊的男人。这种可能的命运让我们担忧不已。一想到自己也许会变成这样的女人,每个人都不寒而栗。

---

[1] 乔治·艾略特小说《米德尔马契》的女主人公,热心宗教,向往纯情。
[2] 亨利·詹姆斯小说《一位女士的画像》的女主人公,自信、富于幻想,但涉世未深,嫁给了虚伪、贪财、好色的奥斯蒙德。

我不会这样，我坚信。我大胆地发誓，要是找不到那个对的人，我就一个人过。

大学毕业后，将近十年的时间里，我一直四处追寻那个圣杯：大写的爱，大写的工作。我读书，我写作，我上床。我结了十分钟的婚，也抽过五分钟的大麻。我生气勃勃、兴奋不已地游荡在纽约与欧洲的大街小巷。不知怎的，一切都不太对劲。我不知该怎样开展工作，不消说，我也没能邂逅那个对的人。久而久之，一种深深的厌倦笼罩了我。仿佛我已是行尸走肉，亟待被人唤醒。

二十九岁的最后一天，我嫁给了一位科学家，他性情沉郁，花了十八年才写完自己的论文。他的困境让我觉得他充满诗意。当然，他也能敏锐地察觉我自身的矛盾。恋爱时我们一起散几小时的步，与此同时，我激动地讲述着自己为何无法实现目标。我说话时，他眼里闪烁着深情。"我亲爱的女孩，"他惊呼道，"我美丽、非凡的女孩。你就是生活本身！"

我成了有趣而矛盾的角色，他则是聪明而热情的"妻子"。这样的安排让我俩都很开心。这种感觉就像同志之情。我想，我终于有了一个理想的朋友。那时的生活似乎很甜蜜。一个人的时候，我内心困顿；现在，我能畅快呼吸。早上醒来，看到丈夫就躺在我的身边，这让我非常开心。我体会到一种前所未有的心灵慰藉。

一天早上，我醒来时内心凄凉。为什么会这样？我说不上来。一切都没变。他还是他，我也还是我。几个礼拜前我还会兴高采烈地醒来。现在我痛苦地站在浴室里，看到星星点点的悲伤在我眼前跳动，昔日的孤独又溜了回来。

他是谁？我心想。

他不是对的人。我心想。

要是拥有对的人，就好了。我心想。

一年后，我们离了婚。

我依然酷肖我的母亲。现在她是底片，我是冲洗出来的相片，但我们都一样：身边没有对的人，最终孑然一身。

离开杰拉德后，过了很多年，我才明白，我就像多萝西娅和伊莎贝尔，生来就为寻找错的人。这就是我们孜孜以求的东西。若非如此，我们早该找到一份有用的工作，全然忘记那个"对的人"。但我们没能忘记。我们从未忘记。那个难以捕获的真命天子成了我们生活的主旋律，他的缺席成了我们人生中的决定性事件。

就在那时，我理解了《豌豆公主》这个童话故事。她追求的不是王子，而是豌豆。她感到二十层床垫之下有豌豆的那一刻，就是她一生的转折点。这就是她旅程的意义，是她一路走来的原因，是她想要确认的东西：那种会让生活永远陷入困境的极度不满。

我母亲也是这样，多年来她一直在为那个缺席的理想伴侣哀叹不已。我同样如此。

我们都被神经质的渴望奴役，我们——多萝西娅、伊莎贝尔、母亲和我——都是童话故事里的公主。这种渴望吸引着我们，占据着我们最殷切的关注。这是契诃夫式生活的本质。想想那些娜塔莎，在漫长的三幕剧里，她们为不理想且永远无法变得理想的东西哀叹不已。与此同时，一个又一个（错的）男人满怀同情地倾听她们讲述无解的困境。

我和杰拉德就是一直、一直、一直交谈的娜塔莎和博士。娜塔莎迷人的谈话背后隐藏着一种巨大的被动——博士是完美的陪衬。娜塔莎和博士必然会分开。他们只是暂且相互陪伴，一起消耗彼此同样不充分的意图。

●

公交车上并排坐着一男一女，他们开始聊天。她是黑人，正当盛年，穿着光鲜；他是白人，同样正当盛年，略显狂热。他无来由地对她说："我相信宗教。我是个非常虔诚的人。我接受所有宗教。对我来说，所有的宗教都是合理的。关于基督教，我只反对一点。他们为什么怨恨犹太人杀死基督。"那个女人转头与他对视，说："你知道吗？我也一直在想这件事。毕竟，杀他的是罗马人。他们为什么不怪意大利人？"

●

如果生活处处不顺心，我就会去时代广场——那里有世上最聪明的底层人士，在这个地方，我能迅速重获希望。一个寒风凛冽的冬夜，在四十三街的百老汇，一个黑人站在临时演讲台上，对着麦克风讲话。讲台旁围着十几名黑人男女。那个用麦克风讲话的男人听上去就像一位电视节目主持人。行人迎着风，弓着腰，从他身边匆匆走过，而他继续以晚间新闻主播流畅而沉着的语气演讲。"最近我注意到，"他说，"售货员在推销防晒乳和防晒霜。你们说，谁才是这些商品的消费者？我告诉你们是谁。是白人。不是你，也不是我，老兄。不是我们，是白人。"他的声音沉了下来。"现在，对于这个一直声称自己高人一等的种族，你们怎么看，而且……"他毫无征兆地停了下来，紧紧闭上双眼，叫道，"*他们甚至没法待在太阳底下！*"然后，他又回到了播音腔。"你们——"他平静地指着往来人群的脑袋，说，"你们白人，根本不属于，这个星球。"

●

我在第三大道偶遇曼尼·雷德时，已二十五年未见他。他是我隔壁邻居的儿子，他的妹妹是我十二岁那年最好的朋友。从我十四岁起，他就常常盯着我看。在第三大道上见到他的那一刻，我知道自己必须得到他。

我对与我一起长大的男人一直心存好感。他们就像盖在我脸上的纱布里的麻醉剂：我吸入他们，我钻进他们，我想把自己埋在他们的身体里。小时候我想成为他们——这些黝黑、瘦削、机灵，拥有灼热目光与天真热情的男孩子，每天他们都会在天台相聚，大笑、咒骂、闲聊，真切地生存在这个世界上——我一直为自己不是其中一员而耿耿于怀。这并不是因为我嫉妒他们共有的想象力——这似乎是他们与生俱来的能力，得来全不费工夫——而是因为我意识到自己不是其中一分子，并且永远不会成为其中一分子，这让我害怕。我当时感觉自己的处境非常危险：无法在世界上找到一席之地，也无法找到自我。

"谁能想到你会成为作家。"曼尼站在第三大道上，一脸困惑地对我说。接着他哈哈大笑。"你小时候真是个麻烦精，非要一直跟在别人身后。"他的笑声让我想起了从前的一切，我再次想起那些情绪，仿佛它们就在我的眼前。过去我经过街角的那些男孩时，常听见他发出这种浑厚、深沉的笑声。只有他的朋友能引他这样笑，女孩们从来办不到。

我们上了床，并且惊讶地发现，彼此心中涌起了意想不到的强烈而甜蜜的幸福。一天下午，我们做爱时，我给他口交。结束后我说："这是布朗克斯区每个男孩的梦想——街上的女孩为他口交。"曼尼躺回床上，发出了他那种毫无戒心、身在尘世的笑声。它比身体的缠绵更让我兴奋。我看着他头顶的墙壁，心想，我安全了。他再也不会离开我了。不过，我并不觉得曼尼会离我而去；反而是我，也许会突然离开。

他放弃了生命中的一切，除了女人。进大学时他拿到了奖学金，却在大三肄业参军；他跟一个有名的贪污犯合伙做生意，不到两年便关张大吉；他在一家生物实验室从技术员干到研究员，却跟老板大吵一架，辞了职；他进了一家大型国家级杂志，很快当上了记者，接着又当上了编辑，随后因旷工一周被炒了鱿鱼。我们街区的人都觉得他天生会把一切搞砸。"他找不到自我。"他的母亲抱怨道。"这话说得太委婉了。"他的父亲冷笑着说。

但他母亲说得对：曼尼找不到自我。曼尼发觉，无论置身何种环境，他都没法从中找到自我。同一种职业他绝不会干第二次。每一份工作都只是一份工作。没有哪一份工作能存续到学徒期结束之后。他生命中的种种事件拒绝积累成阅历，他也不会把这些事当作阅历。内心的拒绝似乎是他唯一的天赋。当然，这正是他孜孜以求的那种天赋。我们上床后，他开始告诉自己，那个拒绝者就是他的状态，也是他的宿命。虽然他心里有底，而且我们的恋情让他将自己早已知道的事情看得更加清楚。

跟曼尼好上的时候，我正处于低谷。这是我的原话："我正处于低谷。"曼尼看着我。"你正处于低谷？"曼尼说，"这是什么意思？这种废话的意思是，你不想工作，是不是？是这个意思，对吧？这话是说，你是一个不写作的作家。连我都能看得出来。我们在一起多久了？三个月了？我一直在观察你。你根本不会坐到书桌前。你浪费时间，日复一日。每天都被你浪费掉了。你完成了一点点工作，得到了一丝丝认可，仅此而已，对吧？你完蛋了。你已经没有斗志了。对吧？我的意思是，大家还想让你怎样？我说得对吧？我理解得没错吧？"

他只看了一眼我的生活，性事就为他暴露了我所有的病灶。他看到管道有渗漏，便明白我内心已干涸。他对自己看到的情况感同身受——这种共鸣跟激情一样让我们紧密联结——只不过，他不擅长委婉表达。

曼尼四十六岁时跟十七岁时一样骨瘦如柴。我则一如既往，跟自己超重的十五磅[1]肥肉做着斗争。"亲爱的，"他像那些男人一样，把脸埋在我的胸口，呢喃道，"你就是一幅雷诺阿。"我从不明白女性的肉体为何能让他们如此着迷，但每每曼尼说出这话，我都会如释重负地在黑暗中暗自微笑。我需要他对我心醉神迷。我仍然在争取时间。我也仍然不明白自己为什么要争取时间。

●

有一年，我在亚利桑那州教书，莱纳德过来看我，我们一起去大峡谷短途旅行。穿越地球上最惊心动魄的景观之一时，我们几次在沿途稍作逗留。旅程

---

[1] 1磅约为0.45公斤，15磅约为6.75公斤。

进行了一天半，我们爬上一个高地，目力所及之处都是渺无人烟的西部大沙漠。那一大片无边无际的世界让我震撼不已。

"多美啊！"我没有细想，便脱口而出。

莱纳德没作声。

"不美吗？"我问。

他勉强地微笑了一下。

"你是什么感觉？"他带着真诚的好奇发问，他是真的想知道答案。

这时，我觉得自己有必要思考一下。

"高兴，"我答，"振奋。"

沉默。

"你没有这样的感觉吗？"我问。

"从来没有，"他答道，并打了个寒战，"面对自然景观，我感到敬畏，"他说，"准确地说，是害怕。相反，面对人文景观，我会为人类对抗陌生的努力而感动。我对自然的感情，要么是害怕，要么是感激。振奋，从来没有过。"

●

在上百老汇大街，一个乞丐凑近一位中年女子。"我不喝酒，我不吸毒，我只需要……"他开始念叨。令他惊讶的是，女人冲他吼道："我刚被人扒了口袋。"乞丐扭头看向北边，对街上的一个同行喊道："嘿，博比，别烦她，她刚被人打劫。"

●

弗洛伊德通过探索与研究潜意识，得出了他的那些重大发现，其中最主要的一项是，从出生到死亡，我们每个人都是自相矛盾的。我们既想长大，又不想长大，我们既渴望鱼水之欢，又害怕鱼水之欢；我们痛恨自己的攻击性——愤怒、残忍、羞辱别人的欲望——然而它们源于我们最不愿放弃的不满。我们的苦难既能带来痛苦，也能提供慰藉。弗洛伊德在他的病人身上发现，最难治愈的是病人拒绝被治愈的决心。

●

我有一个朋友，我一度以为我们的友谊能天长地久。我本以为，我和艾玛的友谊并不是蒙田口中他与艾蒂安·德·拉·波埃西[1]的那种友谊——它会让灵魂得到升华；不过现在回想起来，我发现在一些重要的方面，这两份友谊确有共通之处。我们的友谊是这

---

[1] 艾蒂安·德·拉·波埃西（1530—1563），法国思想家，是蒙田的好友，代表作有《论自愿为奴》等。

样的：它即便没有让灵魂得到升华，也肯定充分滋养了心灵，有很长时间，我们能在对方面前展现最求知好问的一面。上学时，我们都是那种典型的聪明女孩，不安容易让我们这样的人在说话时显得不屑一顾和吹毛求疵。多年以后，那种强烈的防备才终于缓和，我们这才在对方身上看到自己的影子。记得二十多岁时，我听见艾玛纠正别人的语法错误——"'谁'这个单词，应该用主格，不能用宾格"——她声音中的轻蔑让我心生畏惧。谢天谢地，幸好我不会那样说话，我想。但我其实会。三十多岁时，我第一次听见自己像艾玛每次听见别人犯蠢时那样说话。接着，矫正自我认知这件事——它在我们当时的人生中是一件激动人心的事——在我们之间施展了魔力。很快，我们每个礼拜至少碰面或通话三次。永恒友谊的坦途似乎在我们面前展开了。

在外人眼中，我与艾玛之间的密切往来或许令人费解。她是彻头彻尾的资产阶级，我是一无所有的激进女权主义者。她结了婚，当了母亲，还读了研究生；我离过两次婚，一直未育，过着自由职业者的边缘生活。然而，在迥异的表象之下，存在一种难以抵挡的力量，它让我们情不自禁地走向对方。

我们会面时，似乎总在试图分析那些可以用来形容自己的大致状态。艾玛拥抱家庭，我拒绝家庭；她认同中产阶级，我痛恨中产阶级；她害怕孤独，我忍受孤独。然而，随着见面与交谈时长的增加，我们愈加清晰地发现：了解自己如何变成现在的样子——这对我俩都至关重要。当我们一起谈论爱情的枯竭、工作的痛苦、孩子的味道和孤独的滋味时，我们其实是在谈论追求自我，以及这个短语的语法结构给我们带来的困惑：自我是什么？它在哪里？该如何追求、抛弃或背叛它？我们最关心的事就浓缩在这几个问题当中。我们都发觉，我们一起探索的，正是那个初始值——意识。

我们的吸收能力经年累月地增长，这得益于抽象思维与具体日常碰撞时带来的刺激。跟对方交谈时，我们都能感受到语境对日常生活的影响。一次公交车上的偶遇，一本刚翻开或刚读完的书，一场糟糕的晚宴——对于这类服务于理论的直接经验，我们探索得越频繁，世界就会显得越广袤。日常生活成了正在成形的观念的原材料，而这种观念亟待被我们讲述：在客厅里坐着，在餐厅里吃饭，在大街上散步——我们似乎不必走出家门，就能掌握一切。

有将近十年的时间，我们都是这样度过的。然后有一天，我们之间的纽带开始松弛。我跟艾玛的丈夫聊得不大愉快，她认为这番交谈引发了不和。她读了一本书，作者是我欣赏的妇女解放论者，她的鄙夷让我受到了伤害。我们各自交了一位新朋友，但此人没能得到对方的赞美。那个冬天我差点付不起房租，艾玛却一心想着重新装修自己的公寓，这让我很不舒服。过去我们对各自迥异处境所做的大胆探索，现在却像变了味：我舒适的公寓显得呆板乏味，她和善的丈夫显得傻头傻脑。我记得自己当时在想，我们是谁？我们在做什么？我们为什么要一起做这些事？

我们的友谊曾专注于思想与精神的事业，现在这项事业开始瓦解，过程缓慢，但势不可当，因为彼此的共鸣日益减少，而这种共鸣正是我们生活的基础。分歧在我们心中蔓延，就像植物在林中空地上疯狂生长。这段一直令人兴奋、给人力量的友谊似乎突然有必要走到尽头。仿佛它猛地跨了一大步，从坚定的中心走到了疲惫的边缘。我记得有天早上，我躺在床上，盯着天花板发呆，忽然想到：就像性迷恋。接着，我有些迷糊地意识到，没错。事实的确如此。性迷恋。

到了最后，我和艾玛的友谊确实与爱情有惊人的相似之处。我们之间曾燃起的激情如今就像一种情欲，当你发觉心里有许多东西无法通过这种感官吸引化解，它便木强则折。讽刺的是，性事遭挫通常是因为双方缺乏共同的感受力，而感受力，我和艾玛却拥有很多。

我和艾玛的友谊走向尽头时，我想起温斯顿·丘吉尔曾说，没有永远的朋友，只有永远的利益；尽管我明白，丘吉尔的意思是世俗的抱负胜过个人的忠诚，但我还是觉得，他错了，其实也没有永远的利益。我与艾玛的关系转淡，是因为我们背弃了自己不断变化的"利益"。

威廉·詹姆斯[1]宣称，我们的内心生活是不稳的、躁动的、善变的，总是处在变化之中。他说这种变化就是现实，还得出结论，我们的经验"存在于变化之中"。这一点很难理解，更别说认同了，但它显然很有说服力。否则该如何解释那种情感共鸣的神秘转变，它能在寻常日子里的某个瞬间，让屡次面临瓦解的一段婚姻、一段友谊、一段共事关系"突然"走到了真正的终点。

在爱情中收回感情是我们大多数人都熟悉的戏码，因此我们觉得自己有能力解释这个行为。在激情

---

[1] 威廉·詹姆斯（1842—1910），美国心理学之父，也是美国机能心理学与实用主义哲学的先驱，著作有《心理学原理》《实用主义》等。

的强烈刺激之下,我们赋予爱情变革的力量;想象着在它的影响下,我们将焕然一新,甚至完整无缺。当预期中的转变没能实现,与迷恋交织的希望就绝望地消失了。在爱人面前被了解的刺激,慢慢变成了遭暴露的焦虑。

友情与爱情的关键都在于期待富有表现力的(就算不是最好的)自我在爱人面前盛放。那种盛放是一切的基础。然而,倘若我们内心的躁动、不稳与善变不断破坏自己最想要的东西,该怎么办呢?倘若自我*需要*表达这一假设其实是一种幻觉,该怎么办呢?倘若对不稳定的渴望与对亲密关系的渴望同样强烈(即便不是更加强烈),因此后者一直受到前者的威胁,该怎么办呢?

●

一个夏日的正午,我在十四街遇到了维克多,身边环绕着鸣笛的车流、廉价商店的顾客、穿城公交车的乘客。他是一位牙医,也是我多年的老邻居。他又高又瘦,一头恺撒式短发,一双忧伤的棕色眼睛,总在情不自禁地微笑。无论何时遇到我,他都会柔声问候:"亲爱的,甜心,漂亮姑娘,你好——吗?"接着,他就像一位时刻关切子女的母亲,专注地盯着我的面孔，非常温柔地问道："你还在写作吧，亲爱的？"几年前，维克多为了寻求内心的平静，开始定期远赴日本，向禅宗疗愈师请教，正是这位疗愈师给了他在纽约起床的动力。他现在该有六十岁了。

我们站在十四街上，听着爱迪生联合电气公司的刺耳噪声在耳边隆隆作响，这时维克多小声对我说："亲爱的，甜心，漂亮女孩，你好吗，还住在那里吗？"

"是的。"我答。

"还在当记者吗？"

"不，维克多，我现在教书。"

他朝我努努下巴，仿佛在说："跟我说说看。"

于是我跟他说了起来。他认真听着我连珠炮似的倾诉；我说起自己在某个大学城一住就是几个月，精神因此变得十分贫瘠，他一直不住点头。

"这是一种流亡！"最后我喊道，"纯粹的流亡。"

维克多连连点头。他棕色的双眼蒙上了痛苦的泪水。他完全明白我的意思，哦，这世上没人比他更明白。他的神情变得恍惚。我的面色开始缓和。车辆大声刹车，汽笛划破空气，爱迪生联合电气公司的噪声时断时续。没关系。此刻我和维克多隔绝在这个噪声的岛屿上，出神地想着心灵的问题。

"但是亲爱的,你知道吗?"他非常温柔地说,"我发现世上还是有许多爱。"

"哦是的。"我立刻说,突然意识到自己无尽的消沉可能对他造成的伤害。

"许多爱。"他虔诚地重复。

"当然,"我附和道,"当然。"

爱迪生联合电气公司的噪声又响了起来。

"我的意思是,大家在意,"维克多此时已容光焕发,"他们真的在意。"

这回轮到我频频点头。

维克多把手搭在我的胳膊上,朝我靠过来,深深地看着我的眼睛,向我传授了自己的智慧。

"亲爱的,"他在我耳边低语,"我们必须学会放下。"

是的,是的,哦,是的,我完全明白你的意思。

"把一切都放下。"

●

"9·11"过后,一种难以形容的氛围笼罩着整个城市,迟迟不肯消散。一连几周,整座城市显得空虚迷茫,似乎已被连根拔起。人们走来走去,神情恍惚,仿佛永远困惑于某样难以名状的东西。空气中都是令人毛骨悚然的味道：没人能准确形容，但你吸进空气，就会感到焦虑。与此同时，到处弥漫着一种超尘脱俗的寂静。餐馆里，影院里，博物馆里；商店，交通工具，以及人群本身——一切都显得沉默、迟缓，甚至纹丝不动。一位爱看纽约电影的男士发现，只要这类电影在屏幕上出现，他就会关掉电视。一位女士原本每天路过一家商店，都爱驻足观看橱窗里的城市照片，现在她一靠近那里，就会畏葸不前。她说，那些照片给人的感觉就像"从前"，而"从前"的一切都无法提供慰藉。

灾难发生后，大约又过了六个礼拜，我在一个柔和清朗的夜晚横穿百老汇大街，那是在七十街的某个地方。走到一半，信号灯变了颜色。我在将马路一分为二的安全岛上停了下来，做了一件行人都会做的事：向马路上张望，想趁着车流的空隙，安全闯过红灯。但路上没有车流：目力所及之处，一辆车也没有。我站在那里，出神地看着巨大而可怕的空旷。除暴风雪来临的时候，我想不起有哪一刻，百老汇大街竟没有迎面而来的车辆。这像另一个时代的景象。就像一张贝伦尼斯·阿博——，我刚一思索，这个念头就戛然而止。事实上，是我主动遏制了这个念头。我发现，哪怕只是想一想"另一个时代的景象"，我都感到害怕。仿佛我与怀念贝伦尼斯·阿博特[1]拍摄的昔日纽约这个权利之间，出现了一道致命的鸿沟。那天晚上，我忽然明白，在这段让人悲伤、令人发蒙的日子里，这个城市究竟慢慢失去了什么。

当人类经验逐渐离谱，文明面临灭顶之灾，只有残酷真相才能解决问题。我发现它们尘封在五六十年代法国和意大利小说家的极简抽象派散文里。此时，这些散文里的怪异内核于一片死寂中引发了共鸣，那种死寂预示着严重的道德失范。啊是的，读者感觉到了。不管过去如何，现在就是。

站在百老汇大街中央的安全岛上，我意识到我们正在失去什么：乡愁。接着我意识到，这就是战后小说的核心。这些小说中失落的不是柔情，而是乡愁。现代欧洲散文的核心是冷酷、纯粹的寂静，这种寂静正是乡愁的缺失：只有站在历史的尽头，凝视着现实的存在，心中既无渴望，也无遗憾，才能感受到这种缺失。现在，在经历过"9·11"事件的纽约，我们也跟世界上永远处于战后状态的其他人站在了一起，凝视着那种冷酷、寂静的纯粹，哪怕只是暂时如此。

---

[1] 贝伦尼斯·阿博特（1898—1991），美国摄影家，曾以胶片记录纽约街头的变化，并出版摄影集《变化中的纽约》。

●

　　我要去市中心赴约,却迟到了,奔下地铁站楼梯时,列车刚驶入十四街站。车门开了,站在我前面的是一位年轻男子(T恤,牛仔裤,平头),他背着一个细心叠好的婴儿车,牵着一个很小的孩子,走向我们正前方的座位。我在他对面的位子上重重坐下,掏出书和老花眼镜,安顿妥当后,我隐约看见那个男人卸下背上的婴儿车,转向已落座的孩子。接着我抬头一看。那个小男孩大约七八岁,是我见过的最奇形怪状的孩子。他长了一张石像鬼的脸——嘴巴歪向一边,眼睛一高一低,而这张脸,竟长在一个畸形的大脑袋上,这让我想起象人。孩子的脖子上缠着一片窄窄的白布,白布中间有一根短而粗的管子,管子似乎插在他的喉咙里。又过了一会儿,我意识到,他还是听障人士;因为那个男人立刻开始比画手语。一开始,男孩只是看着男人移动的手指,但是很快,他开始用自己的动作回应男人。接着,男人的手指移动得越来越快,男孩的动作也随之加速,只几分钟的时间,两组手语的速度和复杂程度就变得不相上下。

　　一开始,我不好意思一直盯着这两人看,便不断移开视线,但他们显然顾不上旁人,于是我不禁一再从书上抬起头来。接着,令人称奇的事情发生了:

男孩的回应变得越来越生动——扭曲的小嘴咧开了，高低不齐的双眼明亮了，男人的脸上洋溢着喜悦与爱意，孩子似乎也因此变了模样。随着列车的移动，男人与孩子越发沉浸在彼此的交谈之中，手指翻飞，点头大笑。我不由得心想，这两人使得彼此极富尊严。

我们抵达五十九街时，我觉得那个男孩相当漂亮，那个男人非常幸福。

●

我母亲动了一个心脏手术。术后，她呈现出前所未有的平静状态。批判和抱怨从她的声音里消失了，她的脸上也没了不满。在她眼中，每件事都变得有趣了：坐公交车，脸上的阳光，口中的面包。我们搭乘穿城公交车前，去了一家小餐馆，她满意地啜饮咖啡（通常她都会抱怨咖啡不够烫），津津有味地品尝点心。她靠在椅背上，对我微笑。然后她隔着桌子探过来，激动地宣称："这是我吃过的最好吃的芝士丹麦酥。"

我们离开餐馆，走向公交车站。"我们就站在这里吧。"她指着与站牌相隔几英尺[1]的地方说。"我以

---

[1] 1英尺约为30.48厘米。

前还会生气呢,"她解释,"因为公交车司机总是把车开过站牌,停在这里。我一直不知道原因。但现在我发现,他在这里的确比在站牌那里更便于为我这样的人降下阶梯。"她笑着说,"我最近发现,我不生气的时候比生气的时候想法多。这让生活变得有趣了。"

我差点落泪。我从前唯一的愿望就是,有我在侧,母亲会为自己的存在而开心。我依然确信,如果从前她能做到这一点,我的内心本会完全成熟。

"想象一下,"我对莱纳德说,"她都这么大年纪了,还能对我产生这样的影响。"

"值得注意的不是她多大年纪了,"他说,"而是你多大年纪了。"

●

一个月前,我在炮台公园城的步道上路过一对中年情侣。她是黑人,他是白人;两人都有一头灰发和波浪形的下巴。他们手牵手,认真地聊着天,彼此的目光在对方脸上搜寻问题的答案,而那些问题,只有恋人才会问出口。我看着他们,意识到这个城市已有不少中年跨种族情侣。这一年多,我在城市的每个角落都能见到这样的身影,黑人男子和白人女子,白人男子和黑人女子,年龄几乎都在四五十岁上下,显然处于亲密关系的最初阶段。这打动了我,让我再次想起,黑人与白人要过多久才能真正互相了解。

●

上午十点,我在图书馆分馆排队借书,一个年纪与我相仿、身体略显孱弱的女人突然抓住借书台的边缘,然后一直站在那里。我从队伍里探出身体,对她喊道:"没事吧?"她病恹恹地瞥了我一眼,然后冲我尖叫:"你到底为什么要问我有没有事?"

中午,我在街角等红灯,低头看见一双漂亮但样式繁复的鞋子。"这鞋舒服吗?"我问穿这双鞋的年轻女人。她退了一步,狐疑地看着我,警惕地问道:"为什么这么问?"

下午三点,我经过一个对着空气嚷嚷的男人:"帮帮我!帮帮我!我有四种无治之症!帮帮我!"我拍拍他的肩膀,和颜悦色地告诉他:"是'不治之症'。"他毫不迟疑地答道:"谁他妈问你了。"

生活就是如此难测,几天之后,我又迎来了"谁他妈问你了"的一天。

我坐在穿城公交车靠过道的座位上,身边站着一个男人,他年过四十,穿牛仔裤和超大号黄T恤,正在非常大声地讲电话。

我看向他的眼睛，做了个"小声点"的手势。他像是吃了一惊。

"小声点?"他难以置信地说，"不，女士，我不打算小声点。我付了车费，我他妈想干吗就干吗。"

"车费赋予你的是乘车的权利，"我答道，"没有赋予你妨碍乘客的权利。"

"为什么，你这个婊子?"那男人吼道。

我离开座位，走到司机身边。"你听到那个男人对我说的话了吗?"

"听到了，女士，"司机疲倦地说，"我听见他的话了。"

"你要做点什么吗?"我问道。

"你希望我做什么? 报警?"

"你这个婊子，你这个白皮婊子。"那个打电话的男人吼道。

"是的，"我说，"报警。"

公交车紧急刹车。

"大家下车。"司机喊道。

后排的一个女人哀叹："我的心理咨询要迟了!"

警察出现后嘲笑了我。

我回到家，写下了这件事，发送给《纽约时报》。

两天后，我的电话响了，是报社的人，他问：

"你想让我刊登这个东西？"

●

1883年，她出生在康涅狄格州新伦敦县一个富裕的新教家庭，原名玛丽·布里顿·米勒，长大后却成了"怪女人"中的一员。谁能说清个中缘由。她的童年就像单调的情景剧——三岁失去双亲，十四岁双胞胎姊妹溺水身亡，十八岁（据推测）可能诞下了一个私生子。然而，敏感的心性为什么由某些阅历塑造，而非因另一些阅历形成？说到这里又得问，变成阅历的为什么是某些事件，而不是另一些？不过可以肯定的是，大家最终必然深感惊讶——"这跟我预想的*不一样*"；同样肯定的是，这份惊讶会变成他们的素材。

不管她心里究竟是怎么想的，玛丽·米勒于1911年——也就是二十八岁那年——定居纽约。漫长的余生里，她在这个城市独自工作与生活。1975年，玛丽在自己居住了四十余年、地处格林威治村的公寓去世。她一生未婚，别人也似乎从未听说她有情人。她倒是有一些朋友，其中几位这样形容她：风趣而刻薄，自负却令人愉快，勤学自修，令人印象深刻。

玛丽·B. 米勒写了好些年的传统诗歌与小说，也都发表了，但没有引起注意。接着，1946年至1952年间，也就是她六十三岁到六十九岁的那几年，玛丽用伊莎贝尔·波顿这个笔名发表了三部篇幅不长的现代主义小说，一经付梓，就让她在文学界获得了巨大关注。埃德蒙·威尔逊[1]在《纽约客》上称赞了她的作品，戴安娜·特里林在《国家》杂志上同样如此。两位评论家都觉得自己发现了一位重要的新秀。

这几部小说全是心声，几乎没有情节可言。读者沉浸在一个女人——三本书的女主人公本质上是同一个女人——的思绪中，她在纽约的一天（或是几天）是这样度过的：冥想、思考、回忆、试图通过书写内心世界来理解自己的生活，那个内心世界自由，转瞬即逝，充满遐想。行动总是遥遥无期，幻想才是不可或缺。第一部小说的背景时间是1939年，女人年届四十，名叫米利森特。第二部里，时间是1945年，她年届五十，名叫希里。到了第三部，时间是1950年，她已年过八旬，名叫玛格丽特。小说描绘的是聪明伶俐、见多识广的纽约人的生活，角色散落在书中的各个地方，但总有一个年轻男子，主角与他的关系既亲密又奇怪；但实际上她孤身一人，且

---

[1] 埃德蒙·威尔逊（1895—1972），美国评论家、作家，代表作有《到芬兰车站》《三重思想家》等。

永远孤身一人。不过，在每个故事里，这个女人都能与生活和解，因为她爱这座城市。而她对它的爱有多深呢：

多么奇特、多么美妙的城市啊……在这里，你能体会别的地方没有的东西。那是一种让人非常喜爱的东西。是什么呢？穿过街道——跟人群一起站在街角：是什么引发了这种特殊的情绪氛围……跟这些人一起待在这个陌生的地方，心中生出亲密、友好的感觉……他们温柔地触动你的心弦，你觉得自己在飞行与翱翔——搜寻着他们的面孔，猜测着他们的宿命……

自我与城市的关系是波顿真正的主题，也是她文学事业的现代主义部分：

你开着汽车兜风，你登上越洋轮船，你搭乘酋长号与超级酋长号横穿大陆……此刻你满怀恐惧和柔情，每天都在紧锣密鼓地感受生活。你常常思索你是谁，你是什么，下一刻你可能应该成为谁……无比渴望天堂的心灵知道是什么，如此不安，如此空虚……（但是）在纽约，似乎任何事都能在你身上发生……这座绝妙的城市就像一棵巨大的圣诞树，浑身发光，源源不断地派送着闪闪发光的礼物……你不会说它是你灵魂的自然环境……尽管你渴望它显露一丝温暖和友善，但（那似乎）已经消失在闲聊和复杂的分析里……有渴望，有强烈的好奇，还有孤独……可也有突如其来的莫名瞬间——这种瞬间随处可见，在公交车上，在拥挤的音乐厅，有时是在冬夜，当摩天大楼在你头顶飘浮闪烁……你心中溢满爱意，与人群融为一体，端详他们的面孔。这种亲如手足的感觉。你将自己的孤独埋藏其中。

正是这种孤独令波顿觉得，她是"疯狂事件发生时这世上最孤独的……人"。

她突然意识到自身处境的矛盾之处："天哪，我们是多么热爱自己的孤独啊……我们无法给予，是因为我们可以为自己和自己孤独的灵魂攫取、抢夺、收集那么多东西。"

写下这些话时，波顿已年近七十。她已经足够年长，所以能够看出，现代生活拥有难以形容的自由——这体现在城市人口繁多却彼此疏离，这样的生活比以往任何时代的生活都更能让我们看清自我。她看到了弗洛伊德看到的——我们的孤独令人痛苦，可令人费解的是,我们并不愿将它放弃。我们心中从未有一刻摆脱矛盾:这是冲突之间的冲突。这就是波顿的智慧,也是她唯一的智慧。20世纪40年代她写下这些,即便当时最有文化的读者,也觉得这话相当深奥。

●

19世纪,城市人群中有两位最伟大的作家——查尔斯·狄更斯和维克多·雨果。他们以各自的方式深刻地领会了伦敦与巴黎激增的都市人群的意义。狄更斯尤其理解其中要义。用余光一瞥行色匆匆的男人或女人,以一种只能看见对方半张脸、部分表情、少量动作的视角感受他或她的存在;接着必须迅速决定该如何见微知著——这给社会史带来了翻天覆地的变化。

维克多·雨果和19世纪的其他许多作家都看到了这一点,他们也都明白,正如瓦尔特·本雅明所言,没有什么比人群更值得关注。本雅明写道,雨果敏锐地发现,人群"即将成为一种……已具备阅读能力的特定读者",也即将成为那种"希望在当代小说中发现自己身影"的购书人,"就像中世纪的艺术赞助人想被画进画里"。

本雅明对维克多·雨果的这些评论写在一篇关于波德莱尔的著名文章里,波德莱尔是对本雅明影响最大的作家。漫游者的概念正是由波德莱尔阐明的,意即,一个在大城市街头闲逛的人,与匆匆赶路的行人之间有鲜明的区别。波德莱尔认为,漫游者将成为未来的作家。他写道:"我们谁人未在雄心勃勃之时梦想写出诗化散文的杰作……(它能)展现灵魂的抒情激荡,梦境的波澜起伏,意识的震撼颠簸。这个理想……尤其吸引那些热爱大都市和庞杂人际关系网的人。"本雅明写道,波德莱尔始终心系这群人,他们"从未成为他笔下人物的原型,却作为一个隐秘的形象,烙印在他的创作中"。

中午,我走在第五大道上,曝露在十一月早晨冰冷而刺眼的阳光下。一群人迎面走来。从前人们大多穿白衣,如今大多穿黑色和棕色。从前人们穿制服,如今穿便服。从前人们遵纪守法,如今不再这样。风格变了,性格却没有改变。我不时在寻常的牛仔裤与派克大衣之中看到一张面孔、一个身影——某个脸形狭长、皮肤白皙、穿油亮皮草的人(巴黎,1938);某个西班牙岛上黝黑而危险的人(古巴,1952);某个长着杏眼、超越时代的人(埃及,前4000)——这让我想起了人群的经久本质。纽约属于我，就像属于他们，但仅此而已。出于相同的原因，凭借相同的权利，我们一起出现在第五大道上。我们一直在各国首都的街头漫步：演员、职员、罪犯；持异见者、逃亡者、非法移民；内布拉斯加的同性恋，波兰的知识分子，走到生命尽头的女人。这些人当中，有一半会迷失在繁华与不法行为中——消失在华尔街，藏匿于皇后区——另一半会成为我：一个城市步行者；只为汇入川流不息的熙攘人群，而人群注定会在某个人的创作中留下印记。

●

我和莱纳德路过一家书店时，看到橱窗里陈列着一本关于整容手术的书，作者是一位我认识的女性。

"她才四十二，"我说，"为什么要写整容手术？"

"说不定她七十岁了，"莱纳德说，"你知道什么？"

●

我认识的一位作家（暂且叫她爱丽丝）在八十五岁那年被病痛击倒。她被关节炎折磨得浑身不适，行动十分不便，于是住进了曼哈顿上城的一家养老院。那家养老院有大约一百个单间、一系列公共活动室和一个明亮通风的餐厅，它既舒适又迷人。这个地方（事实上）配备了一流的护理服务，乍一看就像美梦成真：一位卧床的优秀女性在需要帮助的时候，得到了周到的照顾。但经营这家养老院的开发商极度依赖政府资金：这就意味着，为了打造一个符合大众最低标准的环境，阶级、财富和教育程度的差距已被缩小。一个美梦破灭的故事由此展开。

爱丽丝比我年长二十岁左右，我认识她时，她已是成名三十余年的作家。在大学里，我和朋友们曾津津有味、满心钦佩地阅读她的小说。她本人也很迷人。这个身形窈窕的女人发型美丽，衣品高雅，有一位英俊的丈夫，还有一栋位于汉普顿的别墅，以及一间位于达科他的公寓。直到她年近八十，我才与她相识，当时她的命运已经发生了转变。她的书不再出版，丈夫离她而去，她住的是一间女子公寓。

我们之间的友谊很特殊，并非基于共同的感受，而是出于复杂的情感需求。我和爱丽丝认识不久后，便发觉自己并不喜欢她。她头脑敏捷，精神完备，且一如既往地健谈。我反感的是她的态度（倨傲）、她的政治立场（保守）和她的文学品味（中庸）。我们都是急脾气，所以彼此的交谈往往在愤慨的争论中终结，我回家时通常既内疚又羞愧。尽管如此，我们依然把对方当作朋友。她迫切需要一位了解她的对谈者，而我也无比渴望继续向一位曾对我产生巨大影响的作家表达敬意。

爱丽丝在养老院住了两个礼拜后，我去看望她。大厅刷成了柔和的黄色，里面摆着色彩明亮的沙发和双人座，的确有几个表情茫然的女人和男人无精打采地坐在那里——这不是个好兆头，我脑中闪过这么个念头——不过爱丽丝所住的单间很温馨。它光线充足，陈设优雅，看上去很完美：每样东西都伸手可得，而且赏心悦目。一看爱丽丝，便知她是一个饱受疼痛折磨的女人。我问她身体如何，她花了十分钟向我诉说。然后她说："不谈这事了。"她是当真的。我们立刻像往常一样聊起书籍、我们的熟人，以及当天的大新闻。五点半，她说："该吃晚餐了。"我把她从椅子上扶起来，将拐杖递给她；离开房间时，我记得自己在想，她——高挑、端庄、穿着得体——看上去特别精神。

通向餐厅的门打开时，我几乎一惊。这里是一片由轮椅、助行器、拐杖组成的森林，依赖这些设施的人大多跟我在大厅见到的那些人一样面无表情。尽管房间粉刷得很漂亮，陈设也怡人，却弥漫着一种遗弃——甚至穷困——的气息。这种穷困属于一群因年老体衰而被扔在一起的人。

爱丽丝一言不发，领我走向一张六人餐桌旁的两张空椅子。另外四张椅子上坐着两男两女，他们沉默不语。我们就座时，他们露出了笑容，其中一个男人说："啊，爱丽丝来了。她会告诉我们这件事的是非对错。"

原来，事情的起因是一道错送给莫妮卡的前菜，莫妮卡是一位九旬老妪，一头红发，穿紫色印花涤纶衣服。它本该端给米娜，现在米娜颤抖着嘴唇，一双蓝眼睛里全是焦虑。米娜让服务员再给她拿一份前菜时，却被告知，莫妮卡吃的就是最后那份。于是米娜心情一落千丈，反复诉说这道菜应该给她，而不是给莫妮卡，这不公平，这就是不公平。爱丽丝立刻安慰米娜，这肯定不公平，但生活就是不公平的，所以再次体会这种不公平，恰恰证明她还活着；单凭这一点，她就应该心存感激。米娜脸上绽开了迷人的微笑，危机就此解除。

几个礼拜后，我再次和爱丽丝一起来到餐厅，也再次目睹人们请爱丽丝裁定一场纷争，它跟之前发生在米娜和莫妮卡之间的纷争类似，是一场关于电影的争论，整桌人都因此吵成一团。"太有意思了，你不觉得吗？"我们离开房间时，爱丽丝对我说。我点点头,没作声。"在这样的地方我们见识到人类行为的不寻常之处。"她说。

爱丽丝现在变得坚忍不拔,之前我从未见她展露这一面,她成了养老院里备受爱戴的人物。她决定对自己的环境抱持兴趣,身为小说家,她对怪人怪事喜闻乐见,这种习性也对她颇有裨益。因此,她过去超然物外的态度现在给人以所罗门式的印象。在这些喜怒无常的院民眼中,爱丽丝庄严的态度赋予她智慧,他们本能地觉得自己可以信赖这种智慧。更重要的是,她是一位真正的淑女,不是吗,这样的人会尊重每一位映入眼帘之人的价值与尊严。爱丽丝走进餐厅时,经过陌生人的身边,他们会对她点头微笑。

但爱丽丝自己的价值与尊严没能得到满足。我每次去看她,都会发现,她比我上次到访时疲惫得多。当然,她现在已经不止八十五岁,并且靠止痛药度日;但那种疲惫主要源于精神,而不是身体。她在养老院住了几个月后,我发现她瘫坐在椅子上,一副精疲力竭的样子,我吓了一跳。尽管如此,我还是会在她对面的椅子上坐下,跳过寒暄,直接聊起天来。听到我的声音,她的脸、她的身体,还有双手的动作在几分钟内恢复了生机。很快,我们像往常一样兴致勃勃地谈起书籍、重大新闻和熟人,只是不再争吵。

我想我永远不会忘记那种奇迹般的变化。看到天才头脑的运转让一个行将就木之人重新焕发生机,就是见证一次堪比魔法的转变。

"这里没人能与你交谈吗?"有一次我问。

"没有,亲爱的,"爱丽丝答,"闲话家常,倒是有。常有人与我闲话家常。但是交谈?没有。显然没有我们之间的这种交谈。"

她告诉我,耳边每天充斥的东拉西扯令人窒息。比沉默更糟,她说,糟得多。

我们一位共同的朋友说,真伤感,爱丽丝的生命竟要以这样的方式收场。她的话让我惊讶。这位朋友指的是爱丽丝的婚变与文学生涯的终结。但在我看来,爱丽丝晚年失去的东西根本算不上什么。毕竟,她过了很多年好日子——金钱、魅力、名誉、稳定的性生活——这些东西就算没能陪她走到终点,那又怎样?这不过是人生中常见的过山车,并不值得为此悲伤。不,真正要紧的是,爱丽丝一辈子都在努力保持清醒,她最大的快乐就是动用自己的头脑,可现在她受困于环境,那个环境旨在无视——不,抛弃——那种持久而英勇的努力,而一个人唯一应得的——是的,从头到尾——就是让这种努力得到尊重。

我当时感到自己之前对这段友谊的所有怨言都

不值一提。那些怨言是多么刻薄，多么微不足道；不光彩，真的。现在最关键的是，我的朋友不阅读时，精神便被流放到一个等同于单独监禁的囚室。仿佛爱丽丝因太过长寿被判有罪。我深深地觉得，这种惩罚实在太过严厉。

爱丽丝在养老院继续生活了七年。我在她的葬礼上发现，某些最不可能出现的人也会定期探访她。大多数人我都刚好认识，但我觉得，他们之中无人比我与她更亲近——一个格林威治村的女权主义者，一个苏豪区的街头艺术家，一个布朗克斯区的表亲，一个公共图书馆的项目负责人——然而我们似乎都曾致力于一件事：拯救孤独的爱丽丝。

当时我脑中闪过一个画面，那是位于曼哈顿地表的一个圆圈，从圆心向圆周辐射出数条线段。在特定的时刻，我们之中就会有人沿着某条线段，走向等在圆心的爱丽丝。等那人走到她的面前，线段就亮了起来。

●

到了夏天，西区廉价住宅区的男人在人行道上架起牌桌，玩多米诺骨牌，女人坐在门廊上聊天，小孩在打球，青少年在做爱，到处都是喝酒、抽烟、吸毒的人。我曾见到有人因为中了六合彩，半夜当街烤猪。整个白天，以及晚上的大部分时间里，男男女女都在高声尖叫、抽泣、大笑、争吵。这里的感情不加修饰，如出一辙，来势汹汹。

七月的一个晚上，我在四十街的第九大道散步，马路上挤满了人，我看到一男一女定定地站在人群中间。他死死盯着她的脸，一只手按在她的胳膊上。而她别过头，不看他，她紧闭双眼，用唇语无声说"不"。我经过他们时，刚好抬头，只见一个女人坐在防火梯上，她用炽热的眼神俯瞰街上的那对男女，脸上的痛苦显而易见。有那么一瞬间，我嫉妒起地狱厨房[1]的生活。

●

街道一直在动，你必须爱上这种动静。你要找到节奏的规律，从动作中提炼故事，明白叙事动力尽管无穷，却也脆弱，并且不为此懊恼。文明在瓦解？城市已疯狂？时代很离奇？动作再快点。更快地找到故事的主线。

在第六大道的公交车上，我起身给一位老妇让

---

[1] 纽约曼哈顿岛西岸的一个地区，早年是著名的贫民窟，居住的多半是爱尔兰移民，常爆发族群冲突与犯罪活动。

座。她身形娇小,一头金发,佩戴金饰,穿破旧的貂皮大衣,双手是一对遍布斑点、蓄红色长指甲的爪子。"你做了一件好事,亲爱的,"她腼腆地笑了一下,对我说,"我九十岁了。昨天是我九十岁生日。"我对她微笑。"你看上去美极了,"我说,"绝对不超过七十五岁。"她的眼睛闪闪发光。"别说俏皮话啦。"她说。

在咖啡店的吧台旁,两个女人坐在与我成直角的方向聊天。其中一人告诉另一个人,她俩都认识的一个女人在和比自己年轻许多的男人上床。"我们都跟她说,他图的是她的钱。"说话的女人像布娃娃一样点点头,扮出一脸呆相,模仿谈及的那个女人。"'是的,'她告诉我们,'他可以拿走我的钱,全都拿走。'不过,她状态好极了。"

在四十二街,车辆刚开始移动,我前面的男人——瘦骨嶙峋、年轻、黑皮肤——突然伸展四肢,在马路中央躺倒。我猛地转向此时走在我身边的男人——他同样瘦骨嶙峋、年轻、黑皮肤——大声问道:"他为什么这么*做*?"他没有停下脚步,只冲我耸耸肩。"我不知道,女士。也许他抑郁了。"

我每天离开家门时,都会告诉自己,我要去东区走走,因为东区更安静,更干净,更宽敞。然而,我似乎总是不由自主地走在拥挤、肮脏、动荡的西区。在西区，生活似乎有明确的主题。所有困在生存技能里的智慧啊。这让我想起自己为什么要散步。人们为什么要散步。

●

八岁那年，我一直想穿某条裙子去参加朋友的生日派对，母亲却将它剪破了一块。她抄起一把缝纫剪刀，挖出了本该盖在我心口——她说，如果我还有心的话——的布料。每当我不听母亲的话，或是要求她给出一个她无法提供的解释，或是缠着她念叨某样她不肯给我的东西，她就会紧闭双眼，握起拳头，这样吼道："你要逼死我。""我随时可能倒在地板上死掉，"那天她叫道，"你实在是没良心。"不消说，我没去成派对，反而哭了一个礼拜，并为这件事耿耿于怀了五十年。

"你怎么能这样对待一个小孩？"后来我问过这个问题，一次在十八岁，一次在三十岁，另一次在四十八岁。

奇怪的是，每当我提起这件事，母亲都会说："根本没发生过这样的事。"然后我就会看着她，一次比一次轻蔑，并且毫不含糊地告诉她，我将继续提醒她，她曾对我的童年犯下这样的罪行。直到我们其中一人离开人世。

许多年来，我经常提起剪裙子的回忆，她也总是否认它的真实性。我们就这样继续，我不相信她，不相信她，始终不相信她。接着有一天，我突然相信了。那时我已年近六十，一个寒冷的春日下午，我在第九大道走下二十三街的穿城公交车，双脚着地时，我发觉，不管五十多年前的那天到底发生了什么，反正完全不是我记忆中的那样。

我拍了拍脑门，想着：天哪，仿佛我生来就是为了给自己制造不满。可为什么呢？我还将它抓住不放。我又要问自己，为什么呢？手掌离开额头时，我摘下无形的帽子，向莱纳德致意。我也是，我默默地对他说。"这么大年纪了，却只掌握了这么点信息。"

●

我和曼尼·雷德第一晚上床时所体验到的强烈而甜蜜的幸福感持续了很长时间。浪漫的情愫常常涌上我们的心头，频繁得令人吃惊：在电梯里，在公交车站，在餐馆门口，在电影院的黑暗中，在通宵食肆的灯光下。我们其中一人会突然脱口而出："我爱你哦天哪我爱你我难以相信自己有多爱你。"很难解释这种被我们称为爱的无端喜悦,更别说解释它让我多么心醉神迷。我记得自己当时在想,这是"为爱痴狂"的意思吗?

曼尼想象自己永远在准备迎接一个至今未能实现的未来,从而熬过了漫长而莫名的忧郁。这意味着他只赚刚好能糊口的钱,生活上也处处凑合。因为依然在等待新生活的开始,曼尼样样俭省。他在立式柜台喝咖啡,去哪里都徒步,衣服一直穿到烂。斯塔滕岛渡轮就是我们的游船,茱莉亚音乐学院的学生音乐厅是我们的卡内基音乐厅。买一赠一的电影,小餐馆的晚餐,市区的漫步,这就是我们约会的全部行程。

我自己也一直有经济上的危机感,但我住在漂亮的公寓里,每个礼拜下好几次馆子,还总为音乐、戏剧和电影买单,这笔钱虽然不多,数目仍相当可观。不过,曼尼的习惯轻而易举地入侵了我的生活。我陷入了这些习惯,仿佛从我俩都住在布朗克斯区的时候起,到这一刻为止,中间什么都没发生过;仿佛我只是学会了模仿中产阶级的行为举止,现在又开始恢复本性。

从那时起,我开始思考自己缺乏物欲的问题,这个问题,前文就已提到过。当我看到曼尼的公寓时,我立刻明白了它对我俩的意义。他住在布鲁克林区一栋挑高公寓楼的单间里。那个房间明亮、干净、整洁。他在里面放了一张床、一张桌子、两把椅子和一盏灯；厨房里有两口深锅和一个煎锅，还有两个餐盘、两个杯子、两套刀叉和三四个酒杯。极简，我淡淡地想着，相当极简……就在那一刻，我看清了自己。

仿佛我突然意识到，物品给周围的环境增添了温度与色彩，并赋予它重量、背景和维度。一个没有物品的世界，只剩一片荒凉：黑色，白色，渺无人烟。如果你跟我和曼尼一样，不想占有物品，那只能说明，你愿意带着一种确凿的边缘感生活下去，这种感觉十分强烈，能让幽怨的自我长年停滞不前。

在那个整洁而空旷的房间里，我看到了曼尼长久以来的闷闷不乐，及其必然对我造成的影响。奇怪的是，我喜欢在曼尼的简朴公寓里看到的那个自己。我站在公寓门口，感觉心中对他充满同情。我拥抱他，与他紧紧相偎。

但是共同的缺陷是一块不可靠的磁铁。相斥而非相吸的那一刻终会到来。

在那一年里，有件事变得显而易见：爱既不会给我们带来和平，也不会给我们带来稳定。怀旧情结和性吸引力让我们走到了一起，也让我们一直待在一起，但其他需求开始迅速侵蚀感官需求带来的快乐。除了性，最重要的交流方式就是聊天。向对方倾诉与被对方倾听，这两者对我和曼尼都很重要，可几个月后，我们似乎在每件事情上都存在分歧——而分歧总被视作否定。最简单的意见相左也会引发争论，每场认真的交谈都会导致沟通不畅，那几乎是一种致命打击。我们一次又一次地被自己的暴脾气吓到，而这种暴脾气几乎每次交谈都会露面。我们的喜怒无常相当惊人：它像山火一样迅速蔓延，不过几秒钟的时间，我们就葬身火海。

我自己花了许多时间尝试回溯这种灾难式对话的过程，想弄清楚我抛出的哪个话头被他当成了挑衅，他的哪句回应影响了我的洞察力，又是哪个微妙措辞令他丧失了真知灼见。夜深人静时我独坐沉思：为什么我们如此亲近，却又彼此分离？我们体面，聪明，也都受过良好的教育。我们的选票投给了同一位选民，在《纽约时报》上阅读相同的书评。我们谁也不在房地产和政府部门就职。到底出了什么问题？问题的答案永远是一样的。

优质的交谈无关相同的兴趣、彼此的阶层或是共同的理想，而是关乎气质：它能让人在回应你时，本能地用欣赏的语气说出"我完全明白你的意思"，而不是用争论的语气说出"你这是什么意思"。有了共同的气质,交谈几乎就能永远自由而坦诚地持续下去;没了共同的气质,人们聊天时总是如履薄冰。

我们吵得不可开交时,我总是试图用这句话让自己冷静下来:"看,我们只是不合拍,如此而已,节奏不一致罢了。"我说这话时,表现得仿佛这是对我们之间的问题的中立评价,可曼尼总觉得这是一种奚落,虽然这话对他来说跟对我来说一样,都是真实的。然而,同样真实的是,我说出这句话,其实是在表达:在他的面前,我的思想成了我的负担。当他要求我解释那些我本有权探索的东西时,我会生气,我感觉自己先是遭到了封锁,然后被彻底关停。

讽刺的是,我跟曼尼的争吵越激烈,我就越害怕失去他。我们在一起六个月后,我变得极度敏感,并且不停大闹,因为我没法压抑那个念头:我不再能勾起他全部的情欲。在床上,我知道他喜欢我,但我觉得他似乎会打量马路上的每个漂亮女人,在他眼中,我再也不像从前那样魅力十足。现在,他的每句话、每个手势、每个眼神都在被一把无形的尺子不停丈量,那把尺子上标着:"他今天比昨天爱我,不如一个小时前爱我,也没有两个礼拜前爱我。"

问题是,我俩不是朋友。我们之间不存在友谊,因此各自子立旷野。

我开始意识到一件人人知晓却常常忘记的事：在性事中，被对方钟爱的不是真正的自己，而是唤起对方欲望的能力。曼尼渴望的那个"我"，力量注定短暂。只有脑中的思想或心灵的直觉才有恒久的吸引力，可曼尼并不爱我身上的这些特质。他不讨厌它们，但也不爱它们。对他来说，这些特质不是必需的。这种感官联系终将让我回到极度孤独的状态，它让我感到自己是那么脆弱，因而很快就被自我怀疑淹没。

我曾问曼尼，他的人生变成了这样，对此他是否感到惊讶。他对我说："我一直觉得自己受无法控制的力量牵引。我会做别人期望我做的事，接着就会感到焦虑。有好些年，除了焦虑，我一无所知。有一天我突然意识到，焦虑造就了现在的我。之后，我便不再惊讶。"

一次激烈的争吵后，我扑到曼尼身上，环住他的脖子。我就这样在他的脖子上吊了许久，像一个重荷。然后，他伸手拥抱我。他以无比温柔的动作捋顺我的头发，时至今日，我依然能想起那种感觉。他知道我们是在套现。很快，我们就没钱购买时间了。

●

我和莱纳德买完一起做饭的食材，在超市排队结账。一位颤巍巍的瘦削老妇本已排到收银台前，忽然发觉自己漏拿了某样东西。她开始茫然四顾——哦，天哪，她白白排了这么久。老妇身后的中学生把手搭在老妇的胳膊上，问她漏了什么。答案是牛奶。莱纳德哼了一声，无疑在表达恼怒。中学生腿脚很快，拿着牛奶回到了队伍里。老妇说："哦，你太善良了，太善良了，实在太善良了！"中学生说："算不上，一般善良而已。"我对他微微一笑——知己！——可莱纳德对他说："这是一个有趣的分别。鉴于现在的环境，你的行为或许格外善良，而非一般善良。在纽约，不厌其烦地帮助他人意味着：打破一贯的不便；延迟，转向，耽搁；停止行动；进行反思。"中学生盯着他。"简而言之，"莱纳德解释道，"冒着被攻击的风险。"

我从未在这个城市里感受到的东西，他却每天都能感受到。

●

1880年，他们在佛罗伦萨相识。当时他三十七岁，她四十岁。她是康斯坦斯·费尼莫尔·伍尔森，一位广受欢迎的美国散文家、小说家。而他呢？他是亨利·詹姆斯。令他大吃一惊的是，他很快发觉她品味高尚、见解深刻，她的自我矛盾与他的如出一辙。她享有盛誉，却深藏不露；她害怕孤独，却刻意独处；她希望敞开心扉，却显得闪烁其词。有一次，亨利·詹姆斯考虑在威尼斯租房，康斯坦斯对他说："我想，你不会住在大运河边吧。"他答："确实。我会找个隐蔽的角落。地点不大重要，重要的是不容易找到，路上得有许多死胡同。"他说这些话时，也讲出了她的心声。她从小就在建造自己的御敌盔甲；待她成年，盔甲已经造好；在她死时，它已令她窒息。

他们一边散步一边聊天，他们一边喝茶一边聊天，他们一边逛博物馆一边聊天。他们谈论书籍，他们谈论写作，他们谈论道德想象力。当然，这种交流不是通常意义上的私人交流，但思想上的坦诚不仅激发了他们聊天的兴致，也让他们觉得自己在这个世界上不再那样孤单。

至于对对方的付出，她无疑比他多。她成了他最好的读者和最聪慧的聊天对象，她比任何人都明白生命中不言而喻和未曾言明的东西。亨利·詹姆斯待她却不是如此，他公然利用了彼此之间不言而喻和未曾言明的东西。他似乎从不明白她有多么痛苦，这种不明白几乎是故意为之；或者，他其实是明白的，但他选择对这种痛苦佯装不见。也许是因为他知道，如果他把这些事放在心上，就不得不对这段友谊更加负责。亨利·詹姆斯最害怕也最讨厌担责。

1893年的春天，康斯坦斯住在一家面朝大运河的大酒店里，又一次陷入了重度抑郁。亨利心情愉快，许诺冬天会来威尼斯。她立刻给他写信，说他未来的造访令人振奋。亨利一收到信，就开始焦虑。仲夏时节，他写信称，自己在写一本新书，冬天的行程还不确定，到时很可能去不了威尼斯。她没有回复。夏天就这样过去了，接着秋天也过去了，两人基本没通消息。接着，康斯坦斯寄来一封信，轻描淡写地宣布，她之前在写的小说已经完成。他知道她在写作的间歇会疾速消沉，但不知怎的，他没把这件事放在心上，而是任其发展。

1894年1月，康斯坦斯·伍尔森从威尼斯公寓的窗口一跃而下，把自己无比朴素的生命砸在了人行道上，全世界最迷人海道的水流每天都在冲刷着那里。她死后，美国外交家约翰·海伊[1]这样评论："连囚犯都比她幸福。"詹姆斯这时在英格兰的家里，内心恐

---

[1] 约翰·海伊（1838—1905），美国政治家、外交家、作家，曾任美国第37任国务卿，代表作有《林肯传》等。

惧、惊慌、内疚：至于是否存在痛苦，我们不得而知。他心中一定在想：要是我去了威尼斯，她就不会跳楼了。事情的真相是，伍尔森和詹姆斯都不能胜任友谊这项任务。虽然他们珍惜彼此的关系，但更重要的是，他俩都困在自己神经质的沮丧里。没法为自己做的事，他们自然也没法为对方做。

●

读完伍尔森与詹姆斯故事的那晚，我成了一个文学追星族。我梦见我和莱纳德为了住到一起，舍弃了各自的公寓，在梦里莱纳德打来电话，说他在上东区为我们找了个地方，而现实中我们谁也不会住在那里。快，他在电话里说，过来瞧瞧。我跑到富人区，走进一栋漂亮的大楼，推开公寓门，站在一个狭长的房间里，它就像一口棺材。房间的另一头是一扇被窗帘遮住的窗户。我冲过去，心想，窗景定能弥补它的不足。我扯开窗帘，发现眼前竟是一堵砖墙。

●

我在六十六街的第五大道登上三路公交车，此刻晚高峰刚刚开始。我见车门旁正对司机的座位空着，就坐了上去。到了五十九街，车内渐渐拥挤。人群拥上公交，一只只手在我的注视下把公交卡放到收费机上，然后再将它取回，接着便离开了我一动不动的视线。在五十三街，有人上车后没对收费机比出那个下意识的动作。我抬头一看，是一位老翁，他在我斜对面的座位上重重坐下。

公交车继续行驶了一站。接着司机在座位上转过身来，说："先生，你没付车费。"老人没有回答；他盯着地板，双手轻轻搁在两膝之间的手杖顶端。

司机重复了一遍。

老人抬起头。"不，我付过了。"他说。

司机盯着他。"不，先生，"他耐心地说，"你没付车费。"

"不，我付过了。"老人说道，然后继续垂头凝视地面。

到了下一个红绿灯，司机跳下座位，站到老人面前。"先生，"他说，"你不付车费，我就没法再往前开了。"

老人抬起头。"我付过了，"他平静地说，"要是你没看到，我也没办法。我不打算付两次车费。"

老人与司机凝视着彼此。渐渐地，凝视变成了怒视。老人开始变得像只斗牛犬，司机则是另一种动物。老人是白人，司机是黑人；有那么一会儿，我心想……

"先生,"司机吼道,"你不付车费,这车就不开了!"

"哦,我的天哪。"我旁边的女人叹道。

"这到底是怎么回事?"与我相隔三个座位的男人喊道。

"我付过了。"老人再次说。

"他付过了,那就行了。"一个男人轻轻地说。

司机关掉引擎,开始对着仪表盘上的电话说话。整个过道上的人都躁动了起来,既好奇又焦虑。

一位黑衣女子凑近一位戴角质框架眼镜的男子,拿一根手指轻轻点了点太阳穴,小声嘀咕道:"老糊涂了。"

"嘿,"后排有人喊道,"我们边开边处理这档子事吧,我得赶去市中心。"

有两个人开始讨论这件事在法律层面和社会层面上产生的后果。"他要是不付车费,司机就不可能开下去。"一个人说。"要是那老头没钱呢?"另一个人说。"宝贝,你没钱,就别上车,"对方立刻答道,"这是规矩,老兄,规矩。"

司机站在过道上,大声宣布:"全部下车。抱歉,伙计们,这班车不往前开了。我会安排大家换乘。"

鸦雀无声。谁也不敢相信会发生这样的事。接着，人人都开始大喊："搞什么呀，我得赶路，你不能这样对我们。"

公交车后排有个年轻人，之前他一直看着窗外，此刻却发出一声受伤的吼叫。他站了起来，黑色皮革与银色铆钉在他单薄的身体上闪闪发光。他怒气冲天地走到巴士前排，在沉默的老人面前站定，大声喝道："你为什么把自己搞得这么贱？为了区区一块两毛五。老兄，为了这点钱，你就要让我们陪你一起倒这么大的霉？"

乘客拥向车门时，高大健壮的司机一动不动地站着，但我似乎在他脸上看到了生活对他日积月累的侮辱。三十秒后，我们都下了车，在马路上茫然地转悠。有趣的是，没人离开，也没人思索为何谁也没想到可以直接帮老人付钱。

"哦，这个糟糕的城市，"我身后的男人轻轻叹道，"这个该死的烂地方。"

我回头看了看公交车。老人依然坐在自己的座位上，双手拄着拐杖，眼睛盯着地板。马路上越来越混乱，他突然站了起来，走下公交车，像一个梦中的人物，越走越远，消失在这个拥挤的下午。我拉了拉司机的袖子。"他走了。"我说。

司机顺着我的目光看过去，眼皮也没眨一下，便说："好了，大家都上车吧。"

一片寂静中，大家鱼贯而上，回到了车里。每个乘客都坐在自己之前的座位上。司机也坐了下来，他关上车门，熟练地驶进了第五大道的车流。我看了看手表，自司机开口说出那句"先生，你没付车费"，一个小时过去了。我环顾同车的乘客，发现每个人都已迅速调整好自己的表情，将面孔藏在了必须展露的中立面具之下。仿佛对他们来说，什么也没发生过。即便如此，我也知道真相。

●

20世纪50年代初，一位名叫西摩·克里姆的纽约记者渴望书写异见文学，同时，他希望自己享誉全国——他觉得自己的这两个目标都失败了。在这种失败感的驱使下，克里姆找到了与时代对话的声音和主题。他笔下的角色是一位躁狂抑郁症患者，时而雄心勃勃，时而神经兮兮，时而还热衷自嘲，他挥洒大量笔墨，不断描述自己的崩溃、渴望，以及对成功人士的万分嫉妒，而这些人的成功，既令他鄙视，又让他向往。那个声音完全属于城市。这世上除了纽约，没有任何地方能造就西摩·克里姆式的人物。

克里姆大胆运用疯狂、别出心裁、稍显意识流的句式，发展出一种颓废的散文风格，这种风格让他在精神上加入了新兴的叛逆一代，这些人的思想、感受、行动三者趋向统一。对克里姆而言，实现这样的统一意味着充分控制自己内心的混乱，如此才能写出他*自知*有能力写出的伟大作品。

幻想是他最大的特点。他总在幻想一个未来，届时一切都会神奇地团结起来，而他期望的辉煌也终将到来，变成赫赫成就——对此他深信不疑。他的每篇作品几乎都充满着这种幻想。散文的表面下暗藏着急躁的自夸，因此他的叙述者仿佛把自己当成了百老汇音乐剧的主角，正朝观众大喊："走着瞧吧！我会比*你们所有人加起来*都更伟大、更优秀、更显赫！"

然而，克里姆始终做不到思想与行动的统一。他能做的只是记录自己的无能，在下东区那间住了一辈子的冷水公寓醒来的每一天，他都饱受这种无能的折磨。巅峰时期的克里姆擅长为所有跟他一样无法将幻想变为现实的人发声。克里姆权且将终日任性做白日梦的自己当作例证，希望借此隐喻美国人无法长大，也无法踏实工作的问题。

隐喻常常被克里姆的焦虑淹没，这时写作就沦为了杂乱无章的咆哮，令人疲惫，也着实可悲。然而，他在1973年写下了《致我失败路上的兄弟姐妹》，这是一篇精彩的文章，他终于把自己多年致力的主题表达了出来。在这篇文章里，他出色地描述了美国人对失败本身的迷恋——失败的滋味、对失败的恐惧、失败的长期纠缠——他行文时使用了大量的纽约俚语来传达自己的意思：

到了五十一岁，他写道，

我依然不知道自己到底"想成为什么样的人"，你信也好，不信也好，或是相信且怜悯我也好——如果你既年轻又机敏……在我那琳琅满目的精神熟食店，现在的我像十三岁那年一样，依然欢迎种种天马行空的可能性……

我相信，有成千上万人跟我一样，从没找到合适的职业外衣，来容纳灵魂中的骚乱。很多人永远不会找到……与其说这是一种臆断，不如说这是伤痕与勋章交谈的声音。我经历过这样的生活，也许还会这样过下去，直到他们拿走我的热狗。

然而，倘若在这个社会里，你是一个骄傲而敏锐的"失败者"，那么，有个事实能让我们得到讽刺的安慰：像我们这样的人，世上有千千万万。接着，明智而光荣的做法是，弄清楚你想得到什么，以及你如今为什么容易受到某些人的沉重打击，那些人曾见你身披理想的光辉，现在却只看得见阴天里一张没收拾的床和几个放在粗木桌上的脏杯子。

这篇文章的趣味在于大量而流畅地使用俚语，这种语言模仿了美国人对青春与失败的普遍迷恋：

我那琳琅满目的精神熟食店
灵魂中的骚乱
伤痕与勋章交谈的声音
只看得见阴天里一张没收拾的床和几个放在粗木桌上的脏杯子

俚语总是让人觉得年轻——在任何语言中，俚语都会令肾上腺素飙升——纽约街头那种前卫而机灵的俚语更是如此。在纽约街头，美国的中年散文家能用永远年轻的声音肆意大喊："我已不再年轻。"

●

有个周末，莱纳德出门度假，却没告诉我他要离开纽约，电话答录机也没开。

"怎么回事？"他回来后，我问道。

"哦,"他不好意思地说,"我不小心关掉了答录机。"随后的笑声却并不真诚,"我想,我是不希望发现没人给我打电话。"

"但有人打给你了。我。"

"没错,"他说,声音含糊而阴沉,"*你的确*打给我了,不是吗?"

●

我曾在八年的时间里,每年到亚利桑那州任教一学期。回纽约后,我往往会遇到如下情形:

我会遇到伊莱,一位相识的作家。他不出声时满面愁容,不过,当我问起他的近况,他笑了起来。伊莱告诉我,他刚签下一份出版合同。我向他表示祝贺,并问候了他的家人,然后又问起保罗的近况——那是我俩都认识的一位作家。伊莱叹了口气,又开始愁眉苦脸。"他永远胜我一筹,"他说,"倘若我被邀请到洛杉矶,他就会被邀请去夏威夷。倘若我有一本书要出版,他就会有两本要出版。倘若我获得CAPS[1]奖,他就会获得洛克菲勒奖。"

---

[1] CAPS,即"Comic Art Professional Society"的缩写,意为"漫画艺术专业协会"。

几个小时后，我遇到了格洛丽亚，她是我的老相识，一直对自己的破产和无比冷漠的亲人耿耿于怀。

"最近如何？"我问。

"我父亲吗？"她答，"他说：'办个抵押贷款吧。'我那些侄子侄女？我连人影都没见着。我嫂子？她乐意看我沦落街头。我哥？他是个孬种！"

接着是迈拉——她常说，她把我当作最好的朋友之一。她总是疑惑地看着我，仿佛认不出我是谁，然后问："你去哪儿了？俄克拉何马州的什么地方吗？"

还有西尔维娅，一位心理治疗爱好者。她接连两年笑着对我说："我成熟多了。朋友们没法给予我的东西，我已不再强求。现在能得到多少友情，我就接受多少。"第三年，她脸上的笑容消失了。"我讨厌这样！"她咬牙切齿地说，"这让生命变得渺小，渺小而局限。"

我的朋友们同样得摇动日常经历的万花筒，才能得到那种构图：它能帮忙调和亲密关系的痛苦、公共空间的活力和陌生人的强烈干扰。

我拐入第七大道，一个高大的异装癖刚好站在我的面前，他双眼紧闭，双手合十，仿佛在祈祷。他对着空气大喊："我有这么多敌人！"当他睁开双眼，我们四目相接。我用唇语问了一句"为什么"。他冲我露出一个灿烂的微笑,欢快地说:"我*不知道*。"

●

大约十到十五年前,我认识一个女人(暂且叫她简·布朗)跟一位美国大亨的继承人(暂且叫他罗杰·纽曼)有过一段婚外情。他们相识时,两人都是为布鲁克林一个贫民区服务的执业律师。对简而言,这份工作是贵格教徒式童年、良好教育、虔诚政治理想的自然终点。对罗杰而言,这份工作是为了反抗不劳而获的特权、门当户对但欠缺激情的婚姻,以及投身家族企业、无法自主择业的未来。

两人并肩工作时互生爱慕,罗杰离开了妻子,搬去与简同住。朋友们很快都说,他们生活得既幸福又融洽;有些朋友惊讶地发现,如今罗杰投入工作的时间比以前更长,对不利于他贫苦客户的法律也反对得更加激烈。罗杰日益深入社会,简对此颇感骄傲,但她也开始劝罗杰放慢脚步。可罗杰告诉她,他一生从未如此自由过。他说,投身艰巨而有意义的工作本就是一桩乐事,而身边有一位志同道合的女伴,为他更添从不敢奢望的满足。他们交往了两年。然后有天下午,罗杰宣布自己要离开简和事务所,回到妻子身边,回归家族企业。此事毫无征兆,他也没有解释。

没过几天，他就离开了。

上大学时，我和朋友们玩过一个名叫"伊迪丝·沃顿或亨利·詹姆斯"的游戏，玩游戏时，先讲一个故事——故事的背景永远是小资的纽约，故事里的道德困境则永远关乎情感抉择——然后问出那个问题：谁会写这个故事，沃顿还是詹姆斯？当罗杰·纽曼退回他曾经拒斥的生活时，我想起了这个游戏，我一直好奇他这一举动的结果。因此，两个礼拜前我认识的一位律师打来电话，他说自己受邀去纽曼家用晚餐，问我想不想过去，我当然答应下来。接下来的那个礼拜六，晚上七点整，我和律师在六十六街的拐角处下了出租车，站在公园大道上的一栋大楼前，我们被迎进一个满是大理石和玛瑙、面积堪比一座小教堂的大厅，然后踏入镶橡木饰面、配红色天鹅绒长凳的电梯。我们在十九楼下了电梯，面前便是纽曼的公寓。我们的主人依然是记忆中的模样——中等身材，十分苗条，一头柔软的棕发，一张并不扎眼的英俊面庞上生着一对蓝色的眼睛——不过此刻我惊讶地发现，他的衣服多么合身，穿在他身上又是多么优雅。

客厅很大：波斯地毯、老式英国家具、丝绸灯罩。客厅里坐着七个人，有男有女。女人都金发长腿，男人都酷似纽曼。其中一名女子是茜茜，她是罗杰的妻子。她跟我握手，说很高兴见到我，她是我多年的读者。我对她的邀请表示感谢，接着我们都坐了下来，每人手里各拿一杯饮料。一个小时后，大家起身走进餐厅，晚宴在那里举行。餐盘是金边瓷器，酒杯是薄薄水晶，餐叉则是厚重的银器。饭菜可口，但分量不足。不过酒水供应不断。

这些人的腔调、句法和词汇都让我感到陌生，因此一开始我没发现他们的对话是多么平庸。大家挑起话头，只为蜻蜓点水，而非深入讨论。三分钟聊新闻，七分钟谈欧洲之行，两分钟说现代艺术博物馆的最新展览。房地产的话题持续了整整十到十五分钟，子女教育的开销、假期的行程、华尔街的丑闻也占了同样的时长。坚定的观点显然不受欢迎，持续的交谈亦是如此。

罗杰是一位优雅的主人，一直彬彬有礼地为客人拉椅子、递菜、倒酒。他在这里扮演了一个有趣的角色。他既没有主动发起任何话题，也从未表达愚蠢漠然的想法。如果宾客间即将出现严重的分歧，他就会发表一通明智的言论，这让辩论双方立刻松弛下来，也及时阻断了席上潜在的交恶。他的语气始终轻松、温和、文雅。

茜茜·纽曼是个漂亮的女人,她烦躁地拨弄着盘中的食物,妆容之上覆着一层薄薄的焦虑。她一度突兀地问我:"可是,不管怎样,你不觉得孩子需要母亲吗?"我茫然地看着她。"我不觉得孩子需要母亲吗?"我呆呆地重复。这时罗杰轻快地笑起来。让我惊讶的是,他用温柔亲切的声音说道:"茜茜,茜茜,她的观点不是这样的。"接着,他根据自己的理解,异常平静地对我的女权主义立场做出了详尽的阐释。我和茜茜端坐在那里,像学生似的频频点头,并且满怀感激,因为高明的老师把我们从自身的智力缺陷中解救了出来。

我记得自己当时在想,他在这里干什么?为什么他有心让自己回归这样的生活?我开始观察他。

晚饭后,我坐在锦缎沙发的一端,罗杰坐在我身旁的天鹅绒扶手椅上。周围的人都在闲话家常,我俩也不时地参与其中;但我不止一次看到罗杰的目光跃过同伴的面孔,投向周围更广阔的地方。此时他无疑十分快乐,似乎也极其满足。显然,他不仅在穿着方面轻松自在,而且对居住环境也深感惬意。他环顾四周时,下意识地抚摸着椅子的天鹅绒扶手,动作之专注,就像情人抚摸心上人的手臂。他也时常在椅子上微微前倾,从茶几上拿起一颗搁在黄金支架上的大理石蛋,让它在手心来回滚动,动作流畅且深情,接着,他将它小心翼翼地放回支架。他说话时手拿酒杯,似乎更在意水晶杯柄在指间留下的触感,而不是口中讲出的话语。房间里的人仿佛是一幅历史画的前景,而我们的主人显然是这幅画的继承人。

我不禁思索,这让我想起了什么人,或是什么事?一分钟后,我有了答案。我看到的是阿什礼·威尔克斯[1],一个情感丰富、心系自由的男人,却决心坚持某种生活方式,不再探求自己的灵魂,因此变得死气沉沉。

一度,在犹太贫民区工作、与简·布朗恋爱的罗杰极其渴望亲身体验激情。他的聪明才智告诉他,去了解街头平民的日常言行也不失为一件好事,但这种涉猎注定只是短暂的田野调查。

午夜时分,我和那位律师走在公园大道上,这时我暗自思索,这样的小说可能出自亨利·詹姆斯之手,而非由伊迪丝·沃顿写就。沃顿觉得谁也没法*拥有*自由,但詹姆斯知道根本没人*想要*自由。

---

[1] 阿什礼·威尔克斯,小说《飘》中的人物,女主人公斯嘉丽的初恋,他温文尔雅,却懦弱不得志,是旧时美国南方绅士的代表。

●

十九世纪末二十世纪初,欧洲现代主义的影响跨越大西洋,把格林威治村当作了自己的第一个终点站。一代艺术家、知识分子、记者、社会理论家会聚在那里,掀起了一场思想革命。他们之中不乏载入史册的人物:埃德娜·圣文森特·米莱[1]、阿尔弗雷德·斯蒂格里茨[2]、玛格丽特·桑格[3]、尤金·奥尼尔、埃玛·戈尔德曼[4]、沃尔特·李普曼[5]——这群文化上的同道中人本不大可能相聚,却受运动背后的精神召引,走到了一起。现在*体验*为王,人人都想尝试:无拘无束的床事,出离大胆的对话,极其古怪的穿着;宣称自己拥有不结婚、不赚钱、不生育、不投票的自由。这些都成了城市激进主义的恣肆公约——说到严格遵守,没人比得上伊芙琳·斯科特,她是20世纪20年代的作家,格林威治村的每一位现代主义者都听过

---

[1] 埃德娜·圣文森特·米莱(1892—1950),美国诗人、剧作家,代表作有《竖琴编织者》等。
[2] 阿尔弗雷德·斯蒂格里茨(1864—1946),美国摄影家,被誉为"美国现代摄影之父",代表作有《终点站》等。
[3] 玛格丽特·桑格(1879—1966),美国妇女节育运动先驱,代表作有《母亲须知》等。
[4] 埃玛·戈尔德曼(1869—1940),美国无政府主义者,一生致力于社会与政治进步。
[5] 沃尔特·李普曼(1889—1974),美国作家、新闻评论家,曾获普利策新闻奖,代表作有《公众舆论》《自由与新闻》等。

她的大名。三十年后，斯科特跟丈夫——一位酗酒的英国作家——一起住在曼哈顿上西区的一家私人客舍；他们如今都老了，病了，疯疯癫癫，几乎一文不名。

1963年，伊芙琳去世，她的英国丈夫在几位老友的斡旋下，被遣回了伦敦，几年后，他死于酒精中毒，所住的私人客舍与伊芙琳在纽约去世时的居所相差无几。他的遗物是一堆购物袋、几个小手提箱和一两个大行李箱。这些东西被拖到伦敦卡姆登区一家卖旧书和古董的商店，就此尘封了十多年。之后，它们被运到了约克郡的一家旧货店。70年代末的一天，一位文学品味良好的业余书商打开了其中一只箱子，发现了伊芙琳·斯科特的一些信件、日记和小说（既有已出版的，也有手稿）。他开始阅读，起初有些困惑，很快便沉迷其中。这个女人是谁？她是如何写出这些作品的？他为什么从未听说这个人？

这位书商（他名叫D. A. 卡拉尔）在接下来的五年里，遍访大西洋两岸，试图找到这些问题的答案。他的劳动成果是一本传记，于1985年出版，书名是《对女人来说不错了》（出自威廉·福克纳对斯科特作品的一句调侃）。这本书在美国出版后，一位朋友来找我，把它丢在我的茶几上，说："是你的菜。"的确如此。

1893年,她出生在田纳西州,原名埃尔西·邓恩,从小便给人性情狂野、热爱文学、风情万种的印象。1913年,她刚满二十,与一位四十四岁的已婚高校院长私奔到巴西。这对奇特的情侣在这里化名伊芙琳和西里尔·斯科特。他们一起生活了许多年,满世界旅行,有了一个孩子,互相分享每一个出格的想法。在这段关系里,伊芙琳显露出放浪一生的决心。

在巴西时,她开始给家乡的一些小杂志社寄小说和诗歌。她擅长意象主义的构思与句法;她的作品被杂志采用,她的名字也开始为大众知晓。1919年,她来到格林威治村,有了自己的圈子。不出三十秒,她就结识了附近的所有作家与画家,他们也全都认识她。

在格林威治村,空气中本就弥漫着无政府主义、弗洛伊德主义和性自由主义的气息。伊芙琳豪迈地接受了这一切。她开始为《日晷》《自我主义者》《小评论》等杂志撰稿。她支持乔伊斯和劳伦斯,并在接下来的十五年里,接连不断地发表自己的作品,先是诗歌,接着是小说与评论。她一共写了十几部小说、两本诗集、两本回忆录和一个剧本。她的写作时而精彩绝伦,时而晦涩难懂,有时候属于意识流,有时候属于德国表现主义,有时候甚至是多斯·帕索斯[1]式的现代主义风格。无论哪种风格的作品,都显得过于夸张。"自大狂"这个词不止一次出现在对斯科特小说的评论中。这个词也可能适用于她的性格,因为她的性格特征是幻想自己高尚纯洁,并要求他人在生活与艺术上跟她一样赤忱。西里尔·斯科特在回忆录中这样描述她:"(她心目中的)美德只有一个特征,就是从不沉默。她称之为'诚实'……谁反对这一点,她就跟谁决裂。"

她轻易而频繁地结交情人,其中包括评论家沃尔多·弗兰克、诗人威廉·卡罗斯·威廉姆斯、画家欧文·默顿——托马斯·默顿[2]的父亲。威廉与她相识时,她二十七岁。他觉得她拥有一种终将成熟的才华。很快,他就改变了看法。他发现她是一个极其任性的女人,无论在人际关系中,还是在自己的散文里,她都要求别人向她屈服。事实证明,这种任性预示着一种执着,而这种执着最终会演变成彻底的偏执。

---

[1] 多斯·帕索斯(1896—1970),美国小说家,代表作有"美国三部曲"等。
[2] 托马斯·默顿(1915—1968),美国作家、天主教特拉普派修士,代表作有《七重山》《盲狮的眼泪》等。

然而她令人兴奋，叫人难忘。包括埃玛·戈尔德曼、凯·博伊尔[1]、卡罗琳·戈登[2]在内的一群杰出人士依然迷恋她，他们被她的才华、疯狂与渴望所打动，不过，她只在游戏人间时宣泄自己的疯狂与渴望，却从未借助它们完善自己的作品。

20世纪20年代末，那一代艺术家忽然发现，他们的作品已无人问津。一夜之间，抒情现代主义让位于社会现实主义，伊芙琳·斯科特的作品也成了明日黄花（其他很多人的作品也是）。她无处发表自己的作品，因此变得十分迷茫。她心中腾起强烈的受迫害感，确信共产党在暗害她，于是开始不断撰写关于"红色威胁"的文章：在刊物上，在私人通信里，最后甚至在给联邦调查局的信件中。几年过去，她和丈夫很快只得在上西区的那家私人客舍勉强度日。50年代末的某天，诗人兼评论家路易斯·博根在百老汇偶遇伊芙琳，后来，路易斯在给朋友梅·萨藤[3]的信件中提及了这次邂逅：

---

[1] 凯·博伊尔（1902—1992），美国作家、社会活动家，代表作有《天文学家的妻子》等。
[2] 卡罗琳·戈登（1895—1981），美国小说家，代表作有《门廊上的女人》等。
[3] 梅·萨藤（1912—1995），美国诗人、小说家、日记体作家，代表作有《祖父的出生》《爱之种种》等。

前几天,我和可怜的老伊芙琳·斯科特见了一面,情形伤感而诡异……她烦躁不安,蓬头垢面,非常疯癫……她不仅处在我(自己)曾担心的健康状态,而且住在西七十街的破败地区,那个地方把怪咖、老人、失败者收容在公寓或旅馆里,令此地的破落更添阴郁。一望即知!她把我带到一家脏脏的小茶馆,坚持要请我喝茶,还不时从衣服的口袋里掏出一些永远没法发表的手稿。即便在她的全盛时期,我也从未读懂她的作品,而现在,她的诗作糟糕透顶。另外,她还老是疑神疑鬼——许多事、许多人都跟她作对,她在加拿大、汉普斯特德、纽约和加利福尼亚都遭人暗害,她的手稿一再被盗,等等,等等。你知道的,我真的很怕疯人;他们对我来说有一些吸引力,因为疯狂中或许蕴藏着某种类似于天赋的东西。因此,我必须摆脱伊芙琳·斯科特,我让她把手稿寄到格罗夫出版社,这是我唯一帮得上的忙。

这两个女人在百老汇道别,一个往北,一个向南。她们各自刚走几步,伊芙琳便回头大喊:"但我得知道编辑的名字!我不能冒险让自己的诗歌落到某个秘书的手里。"

想象一下:伊芙琳喊出"我得知道编辑的名字"

时，我或许就在西区大道的街角，还是一个做着作家梦的女大学生。

●

在纽约大学附近的一家学生咖啡馆里，两个年轻女子正在聊天。

"你猜怎么着?"其中一人说，"我上周在百老汇看了《罗密欧与朱丽叶》。"

"哦? 是吗?"另一人问，"是现代版的吗?"

看了音乐剧的女生皱着眉头说："场景是现代的，语言是古老的。不过挺好看的。"

过道对面的卡座里，两个年轻男子坐着看书。

"你猜怎么着?"其中一人开口。

另一人从书上抬起了头。

"福楼拜的母亲给他写了一封信，她在信上说：'你对句子的狂热已令你心灵干涸。'"

对方同样皱着眉头问道："什么意思?"

●

多年来，我每天散步六英里[1]。我通过散步提神醒

1　1 英里约为 1.61 公里，6 英里即 9.66 公里。

脑，体验街头生活，驱散午后的愁绪。散步时，我不停幻想，有时幻想过去——美化记忆中的爱情或赞美，不过，大多数时候我在幻想未来：不久的将来，我会写出不朽著作，遇见一生所爱，成为那个我有待成为的知名女性。啊，那个将来！那种生机勃勃的预测是多么美妙，它帮我熬过了无数虚度的灰暗日子。我和西摩·克里姆一样，走在逛了许多年的大街小巷上，我一直孜孜不倦地为幻想中的生活安排新的脚本。接着，就在我快到六十岁的时候，一个异乎寻常的发展让这个惬意的习惯陷入了混乱。

那年春天，我在亚利桑那州教书，每天沿小镇边缘的马路散步，享受四周的自然美景（山丘、沙漠、明亮的阳光）带来的新鲜乐趣，同时，我也像往常一样，在脑中播放电影。四月的一个下午，电影播到一半，一种视觉上的静止——就像电视屏幕的卡顿——划过了我的脑海："故事"在我眼前慢慢瓦解，然后自行终结。与此同时，一种苦味在我口中弥漫开来，在内心深处，我发觉自己正在逃避：某种我不知道的东西。

整件事是那么奇怪，那么莫名其妙，与其说它让我惊慌，倒不如说它令我困惑。我心想，这是一次反常事件，应该不会再出现了。可第二天，同样的事又发生了。当时我走在柏油路上,脑中正在上演另一出电影,再一次:故事骤然短路,苦味填满口腔,我发觉自己又被某种难以名状的焦虑吓得脸色发白。第三天,整个过程又重复了一遍,我清楚地意识到,这会是一场巨变。

很快我变得风声鹤唳——我开始害怕口中出现不洁的滋味——企图遏制自己的幻想:你看,事实证明我能做到。现在,一旦发现画面在脑中出现,我就在大脑被它占据之前将它清除干净。这时,发生了一件十分奇怪又耐人寻味的事情。每当我处理日常事务,一片巨大的虚空就会在我眼前出现。幻想占据的空间似乎比想象中更大。仿佛我大部分清醒的时间总被幻想占据,只有一小部分注意力能集中在此时此地。这一点我深信不疑,因为一天之中有许多次,苦味差点入侵我的口腔。

这个真相令我震惊。我开始明白,幻想于我有什么用场,又对我产生了怎样的影响。

自记事起,我就害怕暴露不足。我要是从事喜欢的工作,一定无法胜任;我要是追求心仪的对象,必然遭到拒绝;我要是竭力装扮自己,看上去一定还是平平无奇。自尊心害怕受到这样的伤害,一种回避心态就此形成:我投身工作,但十分勉强;我遇见喜欢的人，会主动迈出一步，但不会二次出击；我化妆，但在穿着上从不用心。这些事情，无论要做好哪件——或是全部做好，都等于不顾一切地投入生活——爱生活胜过爱我的恐惧——而这一点，我做不到。显然，我能做到的是幻想多年以后的生活：继续渴望"事情"变得不一样，我自己也随之变得不一样。

迈入六十岁，就像突然得知只剩六个月的生命，一夜之间，躲入"幻想中的未来"这个避难所，已成过去式。如今只剩下无数空白的此刻。我立刻发誓要认真完成填满空白的任务。当然，说时容易，做时难。中断白日梦并非难事，难的是，这么多年我一直没能把握当下，现在又该如何做到呢？几天过去了，接着，几周、几个月都过去了，我总是害怕一觉醒来，发现大脑一片混乱。那段时间我常常想起弗吉尼亚·伍尔夫所说的"*存在的瞬间*"——因为我没有这样的瞬间。

后来，街头的一次偶遇让我发觉内心的空白开始松动，变化之快，似乎只在一夜之间。一个礼拜后，另一次偶遇让我感到分外轻快。第三次偶遇实现了巨变。我与一位比萨外送员聊得兴高采烈，接着我继续散步，某些对话内容在我脑中反复浮现，每重复一次，我都笑得前俯后仰，也更加满足。粗犷而丰富的能量开始在我胸中涌现。时间变快了，空气在发光，白天的色彩生动起来；口腔也变得清爽。一种令人惊讶的柔情压在我的心头，它是如此沉实，几乎像是喜悦。我开始变得异常敏锐，对人类的存在感到惊奇，而不再思考人类存在的意义。我意识到，正是在大街上，我充实了自己，也把握了当下。

●

"我不喜欢男性力量。太猛烈，太冒失，太直接。其实没什么意思。手势，动作，一切。太局限了。不像女人。没有幽微差别，也没有调整变化。并不吸引人。有时还令人窒息。"

我曾听见许多女人发表这样的言论，或是类似的言论。然而这一次，说这话的是莱纳德。

●

摆脱童年创伤是一项永远无法完成的任务，哪怕到了行将就木的时刻。我的一个朋友身患癌症，临终前仍在与丈夫争夺权力，她的丈夫没能给她一段理想的婚姻，弥补她在粗暴原生家庭吃过的苦头。尽管丈夫对她一直忠贞，在她整个漫长而可怕的病程里一力承担照顾她的责任，但我的朋友从未信任过他，就像不信她风流成性的父亲。距她去世还剩几个礼拜的时候，有一天她丈夫请我替他照顾妻子，因为他要去乡下拜访几个朋友，并在那里过夜。第二天早上，我刚接替她丈夫的位置，在她床边坐定，她便立刻捉住我的手臂，用沙哑的声音对我说："迈克好像有了别的女人。"我默默地看着她。"我不会哑忍！"她喊道，"我要离婚。"

夏日的一个礼拜六，下午五点钟，我和母亲在曼哈顿廉租房前的马路上散步，她就住在这个街区。太阳炙烤着稀松平常的景象：警笛尖啸，汽车鸣笛，联合电气公司发出巨大噪声，与此同时，三个西班牙人在吵架，两个女同性恋在拥抱，一个瘾君子贴着橱窗滑到地上。这些事，我们谁也没去留心，尤其是我的母亲，她正在向我诉苦。一方面，这个街区让我母亲成了一个纽约人；另一方面，她依然是我一直以来所认识的那个永远对生活感到不满的女人。

我们遇到了玛拉，她是我们的邻居，平日总和丈夫一起散步。这会儿她一个人，要去看六点场的电影。我们停下脚步，聊了几句，然后各走各的。

"这是礼拜六的晚上，"我母亲说，"她一个人在外面闲逛？"她的声音充满暗示。

"现在才下午五点。"我说。

"等她看完电影，走出影院，就是晚上了。"她说。

我耸耸肩。

"也许她丈夫出了城。"我说。

"怎么，他是推销员吗？"她问。

过了几个街区，我们遇到了格罗斯曼太太，她也跟我母亲住同一个小区。这个女人穿着考究，妆容精致，至少八十岁了。

"告诉我，"她对我母亲说，"莱昂内尔·莱文真的死了？"

"是的，"我母亲冷冷地说，"他死了。"

"他孤零零地死了？"

"是的，他孤零零地死了。"

"告诉我，"格罗斯曼太太的声音殷勤起来，"他这人*和善*吗？"

"不，"我母亲直截了当地说，"他不和善。"

"哦……"格罗斯曼太太虚情假意地笑了，"那太糟糕了。真的，那太糟糕了。"

我们刚走到对方听不见的地方，母亲就说："大家都讨厌她。"

这时鲍里斯迎面走来，隔着半个街区的距离，这个老左翼冲我们挥了挥拳头。

"那些浑蛋,"他喊道,"那些浑蛋在华盛顿干的好事,你听说了吗?"

"没有,鲍里斯,"我母亲大声说,"我没听说。那些浑蛋在华盛顿干了什么?"她眯起了眼睛。"对他来说,"母亲趁他还没走近,对我说,"永远是1948年。"

我默默地看着她。她向后仰起头,居高临下地看着我。

"好吧,好吧,"她说,"我知道你在想什么。"

我依然没有开口。

又过了一个街区,她突然叫道:"我受不了了!这群人!"

"依然不是对的人。对吧,妈?"

●

三十四街上站着两个俄罗斯女孩。其中一个跺着脚说:"不要格里沙。"

我在心中暗自跺着脚说:"不要乔治!"

●

罗伯特·卡帕[1]拍过一张著名的照片,多年来一

---

[1] 罗伯特·卡帕(1913—1954),匈牙利裔美籍摄影记者,20世纪最著名的战地记者之一,与布列松一起创立了玛格南图片社。

直钉在我书桌上方的白板上。这张照片拍摄于1948年，地点是法国的一个海滩，照片上有一位微笑的年轻女子，她穿棉布长袍，戴大草帽，大步走在沙滩上，她身后跟着一位老人，他外形健壮，将一把大伞遮在她的头顶：一个女王和她的奴隶。年轻女子是弗朗索瓦·吉洛[1]，老人是巴勃罗·毕加索。罗伯特·卡帕毕竟是一位艺术家，这张照片充满了复杂的情感。一开始，观众都会注意到吉洛微笑时的由衷得意，在它的背后，是毕加索的百纵千随。但继续看下去，你会在吉洛的眼睛里发现，她相信自己的力量天长地久；接着，你会发现，毕加索假意顺从的背后藏着冷酷的世故。它让你猛然发觉：吉洛是全盛时期的安妮·博林[2]，毕加索是被欲望驱使的国王，此时他尚未厌倦对方。

这张照片是如此生动，其实也相当震撼：它既令人兴奋，又让人胆寒。大多数时候，我甚至不会朝它的方向看一眼，但在我瞥见它的时候，它总会唤起

---

[1] 弗朗索瓦·吉洛（1921—2023），法国画家、评论家、畅销书作家，曾是毕加索的情人和艺术缪斯。
[2] 安妮·博林（1501—1536），英格兰国王亨利八世的王后。亨利八世为与其成婚，不惜发动宗教改革，然而婚后三个月，亨利八世热情消减，安妮流产后，两人关系更加恶化。1536年，安妮被斩首。

我的痛苦与快乐，这两种感觉各占一半。问题就出在，痛苦和快乐是等量的。

●

丹尼尔打来电话，告诉我托马斯得了癌症。我有三四年没见过托马斯了，也没收到过他的消息，但这件事让我大受打击。我们一起在布朗克斯区的那个社区长大，这个群体包括十到十五个孩子，从小学到大学，我们注定相互做伴。一旦我们的生活开始成形，大多数人就变得疏远，不过这些年来，大家一直还有联系，因为我们是在彼此的身上第一次体验性快感，第一次被好友珍惜或背叛，第一次尝到特权的滋味，而那种特权的给予与撤回同样神秘。托马斯在这个群体中很特别：是他，让我们第一次感受到存在焦虑。

他加入我们的行列时，大家都在十二岁上下。他是个孤儿，还是个外国人。他在意大利出生和长大，父母在欧洲某地因车祸丧生后，他像一个包裹，被送到了美国，来到阿姨家中，而这位阿姨，刚好住在我们隔壁的公寓。有一天他出现在那个街区——黝黑、沉默、严肃，一群男孩在马路中央打球，他就平静地站在他们边上：看着，只是看着。第二天，他又出现在那里；第三天依然如此：黝黑、严肃、沉默。许多年后他告诉我，他当时之所以保持沉默，是因为不会讲英语；然而，即便后来他已经学会英语，我们依然觉得他是个出奇安静的男孩，奇怪的是，那种安静十分动人：我们都产生了一种强烈的冲动，想要引起他的注意。

我们是工人阶级移民的孩子，父母既没有时间也没有意愿给予我们必要的关注，于是我们走上街头，渴望在别人的反应中感受自己的存在。我们的游戏并不是真正的游戏，而是一些演练，我们每天在演练中展现力量、智慧、心计与创意，决定着自己在这个唯一重要的社群中有多大价值、受多少尊重，而这个社群，由街区里的孩子组成。托马斯却与众不同。他跟其他人一样，每天放学后走上街头，但他从不参与球赛、文字游戏或争吵，只会站在人行道上默默旁观。我们当中有人跟他说话时——这样的情况经常发生，他只用一两个字作答。

通常，这样的孩子要么被无视，要么遭排斥，可奇怪的是，托马斯与我们之间拉开的距离就像一块磁铁，反而把我们吸引到他的身边。他的疏离有一种奇怪的魅力。我们谁也讲不出理由，但我们无论男女，都觉得必须达成一个目标——让托马斯回应我们。不知怎的,他的举止暗含评判,仿佛我们正在接受评估,被他挑出了不足。现在想来,当时每个孩子都开始下意识地认为,如果自己更优秀、更聪明、更有趣、更有个性或是更有骨气,托马斯就会乐于加入我们,然而我们没能做到,于是他选择保持独立。

我们年纪大一点后——成了在街区、糖果店或雨天的走廊上闲逛的青少年,情况依然如此。这时我们的游戏主要由长达几个小时的激烈争论组成。争论时,至少有两个人立场相反,其他人则争先恐后地加入一方或另一方,除了托马斯,他依然站在我们中间,却又与我们保持距离,而我们依然渴望得到他的认可。每次发生争论,都会有人频频转头问他:"你觉得呢,托马斯?"或是:"对吧,托马斯?"而托马斯要么忧郁地摇摇头,仿佛在说:"天哪,真不敢相信你们会这样想。"要么缓缓地点点头,仿佛勉强表示认可。

然而不止一次,当双方开始出言不逊——我们本就不多的智力开始下降时就会这样,托马斯就会出人意料地加入争论,不是针对任何特定的论点,而是针对我们粗俗的措辞。他从不站队,也从不捍卫某个观点,但他皱起眉头,翕动嘴唇,接着一脸困惑地轻轻说道:"这样不对,就是不对。"每逢此时——

虽然谁也说不清是为什么——敌对的声音渐渐消失，我们各自对形势有了新的判断。托马斯就这样成了我们的所罗门：正义与否的仲裁者。他越是在我们冲动时保持冷静，我们就越想在争论失控时请他调停；我们向他求助的次数越多，就越希望他的裁定对自己有利。而这一切，都是因为他从未在辩论中偏帮一方。

很快证明，托马斯的魅力让女性无法抗拒——虽然他也同样从未属意一人。他一满十八岁，女孩和女人就向他拥来。他对她们礼貌有加，不管是否与其上床；每个女人都坚信，她至少能在一段时间内让例外反证规则；然而谁也没能驱散他的淡漠。

不知从何时起，我发觉托马斯早年失去父母、语言乃至家乡的经历似乎并不足以解释他为什么变成这样；事实上，这些经历只是一种客观存在，托马斯性格的根源并不是这些经历。后来有一天，我意识到，他不是与我们保持距离，而是与自己保持距离，在很久之前，在遥远的地方，这种特质就已经形成，我记得自己当时心想（如今我依然这样认为），托马斯几乎自出生起就是自己的陌生人。

我们小时候看到的是内心的疏离，在之后的人生中便会发觉，这种疏离的本质是一种天性。离开布朗克斯后的那些年，我和我认识的每个女人都至少爱上过一个托马斯式的男人,每次我们都妄想用爱焐热对方心中的严寒;之所以是妄想,是因为再多的爱也无法战胜忧郁天性的巨大威力。

这些事,我们小时候无法理解,但已经察觉,并且我们充分体会到,那是对我们自身人性的一种威胁。我们都来自地道的农民之家——许多家庭相当迷信,因此面对这种威胁,我们没有将它一棍打死,而是耐心哄骗,从而让自身幸免于难,这是相当了不起的事情。

四十多岁的时候,有一次托马斯对我说:"我总能对别人产生一种奇怪的影响,仿佛我身上有他们想知道的东西,某个他们以为我在死守的秘密。我一直不知道这是怎么回事。我试图告诉他们,尤其是对女人,嘿,宝贝,你看到的就是我的一切。这就是全部。可他们不信,他们总觉得还有更多,但没有了。相信我。没有了。"

我相信他,我试图向他解释孩提时代他对我们的影响,以及我是如何花了半辈子才想通这件事——接着,我说,这只是因为随着时间的流逝,我经常在工作中的自己身上看到那种危险的抽离。可怜的家伙,他根本不知道我在说什么。他像往常一样,站在那里瞪着我。

●

春日里的一个礼拜五晚上,从三个方向驶来的汽车紧急刹车,停在了阿宾顿广场的中央,一只老鼠在它们的包围下来回乱窜。一个男人从离我最近的街角拐出来,被眼前的景象迷住了。他年过四十,穿卡其色短裤和亮蓝色露营衬衫,双手各拎一只全食超市的购物袋。他浓密的棕发开始斑白,五官极其精致,眼睛在名牌眼镜后面担忧地眨个不停。

"怎么回事?"他大声问我。

他顺着我手指的方向看过去。

"哦,"他疲惫地说,"一只疯狂的老鼠。"

"或是瘟疫的前兆。"我说。

"这倒是个让人稍感欣慰的想法。"

男人若有所思,片刻后摇了摇头。

"可怜的东西,它在找一个出路,可没有出路。相信我,我知道。"

他又扛起自己的高档食品,继续赶路。现在他背负着自己很少需要直面的无用智慧。

●

我在大都会博物馆闲逛,下意识走到了埃及展区。时值节假日——究竟是什么促使我在今天来到这里？这个地方挤满了游客：每个玻璃展柜旁，方圆两英尺内，都站满了男人、女人和小孩，他们拿着讨厌的文化录音盒子，耳机里发出恼人的嗡嗡声，波及周围十英尺内的所有人。此时此刻，我讨厌民主。

不过，后来人潮散开，我站在一座贴金小木雕前，金箔上画了一双涂黑色眼影的眼睛。这是一位年轻女神（她名叫塞尔凯特）的雕塑，她的职责是守护从图坦卡蒙[1]木乃伊体内挖出的内脏，这些内脏被存放在一个依图坦卡蒙形象制作的小小金棺内。她（这位女神）美得惊人，胸脯、肩膀、腹部都被雕琢得十分柔美。她站在那里，伸出纤细的双臂，仿佛在用自己人性弱点中的纯真向吞没图坦卡蒙的黑暗求情。她竟深深打动了我，周围的噪声因此消失殆尽，在突如其来的寂静中，我开始流泪，这眼泪并非从我眼中涌出，而是源自内心深处。

虽然我与女神单独相处，无人跟我交流，但我仍然感到语塞：我没法用语言形容小小木块和薄薄金箔在我心中唤起的汹涌情感。一阵可怕的沮丧将我笼罩起来。埋藏在内心深处的恼人语感再次流经我的手

---

[1] 图坦卡蒙（前1341—前1323），古埃及新王国时期第十八王朝的法老，其墓葬的发现代表了埃及考古工作的巅峰。

臂、双腿、胸脯与喉咙，在我醒着的时候，这样的情况不时就会发生。要是我能让它抵达大脑就好了，那样的话，也许我就能开始与自己对话。

●

午夜时分，公交车驶入市中心，来到第九大道。一过五十七街，司机便放慢了速度，因为车流繁忙（纽约的车流从未断过）。一家名叫白玫瑰的酒吧门口站着一对男女。虽然他们背对公交车，但我看得出来，他俩无家可归，一直跟跟跄跄。女人摸索着想推开酒吧的大门，男人却拉住了她的手臂，并且不肯松手。女人无法挣脱，便转身问他："你想从我这里得到什么？"这时我能看见她那张脏兮兮的脸。我想，他没有回答，只是不停对她动手动脚。我看见他用那只手徒劳地抓挠那个女人，能感觉到他僵硬脖颈里的绝望。"我不知道自己想要什么，"他说，"但是我*想要*。"

我心想，难道你们不知道吗，你们必须更有魅力，才有资格上演这出戏。

不，他们不知道。

●

我在市中心遇到了杰拉德。

"你利用了我!"他喊道。

"根本谈不上利用。"我说。

他站在那里看着我,回忆模糊了他的眼睛。

"到底是怎么回事?"他疲惫地问。

"亲爱的,"我说,"我们走不下去的。我当时在赶往……我现在所处的地方。"

"你怎么回事?"他反驳道,"为什么要对我们做出这么残忍的事?你为什么一直闹别扭,直到我对你的印象只剩你的愤愤不平。"

我感觉我开始打量自己的内心,将目光投向那层厚厚的白翳,每每谈及情爱,它就会裹住我的心脏。

"我没法跟男人交往。"我说。

"这到底是什么意思?"他问。

"我不确定。"

"你什么时候才能确定?"

"我不知道。"

"那么,在此之前你要做什么?"

"记笔记。"

●

孤独的习惯一直存在。莱纳德告诉我,我要是不把孤独变成有用的清净，就会永远酷肖自己的母亲。他当然有理。理想的对象缺席时，人们会感到孤独，但我处在有用的清净中，与想象力做伴，将生命注入寂静，用自己有血有肉的存在填满房间。我从埃德蒙·戈斯[1]那里学会了如何阐述这一洞见。戈斯在他著名的回忆录《父与子》中描述过，自己八岁那年发现父亲说谎后，内心陷入了混乱。那个孩子问自己，如果爸爸并非无所不知，那他*到底*知道什么？该怎样面对他的话呢？要如何决定什么可信，什么不可信？他思索着这些困惑，忽然发现自己在自言自语。

"危机发生时，我那未开化、欠发达的小脑袋瓜里闪过许多念头，"戈斯写道，"其中最奇特的便是，我在自己身上找到了一个同伴、一个知己。这世上有一个秘密，它属于我，也属于跟我一起住在这具身体里的那个人。我们有两个人，我们能相互交谈……在自己身上找到了我的支持者，这于我而言是莫大的安慰。"

●

19 世纪晚期，关于现代女性的伟大作品都出自

---

[1] 埃德蒙·戈斯（1849—1928），英国诗人、作家、文学评论家。代表作有《父与子》等。

男性天才文学家之手。短短二十年间,托马斯·哈代的《无名的裘德》、亨利·詹姆斯的《一位女士的画像》、乔治·梅瑞狄斯的《十字路口的戴安娜》相继问世。虽然这些小说都很有深度,但最直击我心的还是乔治·吉辛的《怪女人》。他笔下的人物让我能见其人,能闻其声,仿佛是我现实中认识的人。更重要的是,我觉得自己就是"怪"女人中的一员。法国大革命后,每过五十年,女权主义者都会被赋予新称号,从"新"女性,到"自由"女性,再到"独立"女性——但是吉辛的形容恰到好处。我们是"怪"女人。

小说以 1887 年的伦敦为背景。玛丽·巴福特是一位年过五十的贵妇,她开办了一所秘书学校,旨在培养中产阶级年轻女性从事除教师、家庭教师之外的职业。她有个同事,名叫罗达·纳恩,刚满三十,相当漂亮,也非常聪明,她公然蔑视自己口中"爱情和婚姻的奴役",并且立场十分坚定。面对任何支持依法结合的论点,罗达都能立刻做出反驳。

接着,埃弗拉德·巴福特登场了,他是玛丽的侄子,聪明伶俐,家境殷实,意志坚定。他和罗达的智力较量(这是本书的亮点)变得频繁而挑逗。吉辛娴熟、耐心、深入地描述了这两人的故事。他在书中提出了这个问题：男人和女人为了自己，为了对方，会变成什么样？

罗达和埃弗拉德都认为自己竭力主张两性之间真正的伙伴关系，但归根结底，两人在探求自我的道路上总是进两步退一步，这也是社会变革速度如此缓慢的原因。

巴福特的聪明才智令他相信，自己在婚姻中寻求的是知心伴侣："对他来说，婚姻必须……意味着……活跃思想的相互激发……一个女人，别的特质都其次，有头脑和运用头脑的能力，才是最重要的……智力是他的首要考量。"可与此同时，他更渴望驾驭对方。罗达的聪明才智让他快乐，但他常想："让彼此的意志做一番较量，无疑也是一桩乐事……要是能激怒罗达，再强迫她留下，征服她的理智，看她长长的睫毛垂在会说话的双眼上，他会很高兴。"

至于罗达——她坚信对女人来说，最重要的是成为"理性而负责的人"——她经常恼火而直率地表明自己的立场，这种态度恰恰暴露了她在情感上的无知。当巴福特斥责她傲慢的苛刻时——"也许你太过无法容忍人性的弱点"——她冷冷地答道："人性的弱点不过是被滥用的借口，通常受到自身利益的驱使。"听了这话，埃弗拉德一阵激动，却也不禁莞尔。他这一笑，吓得罗达粗鲁起来："巴福特先生……如果你在练习自己的讽刺能力，我建议你换个对象"——但事实上，这番交谈让两人都很兴奋。

他们之间的吸引力源于性迷恋这一经典对立，而这种性迷恋正处在最难以抗拒，也最令人疲惫的时候。它缺乏温柔与同情，侵蚀着彼此的神经，最终因自我矛盾和自尊自大而消耗殆尽。一年过去，两人有过许多次惊人的交谈，这时巴福特对罗达的感情已相当深厚，但他依然犹豫不决："他从没想到自己会如此爱她，但他依然像最初追求她时那样，只有无条件的臣服才能让他满足。"与此同时，罗达的理性第一次被完全唤醒，鲁莽自信带给她的舒适感正在疾速消失。现在她深深迷上了埃弗拉德，一想到要向欲望屈服，她就无比焦虑。不安和惶恐终日伴她左右。

无论他们之间有过多少交流，埃弗拉德还是被控制欲打败了，罗达则陷入了可耻的自我怀疑。他躲进一段传统的婚姻，而她实现了一种无性的独立。他们只在很短的时间里，略微尝试过接受那种困难——为"新"联盟所需的团结而奋斗，然后又回到了甘心不再努力的精神状态。

罗达·纳恩与人论战，惶恐不安——我们观察她的际遇就能发现,她永远没法应对与巴福特对抗的后果。正是她的困惑让她如此真实。哈代笔下的淑·布莱德赫,詹姆斯笔下的伊莎贝尔·阿切尔,梅瑞狄斯笔下的十字路口的戴安娜,都是令人印象深刻的人物——也都同样困惑,如果你认同这个看法——但我在罗达身上看清了我和我们这代人。没有哪个作家能像吉辛那样,通过让罗达·纳恩经历某些明显的阶段,精准地刻画我们的智慧、焦虑与勇气的发展过程。想象一下(我自己完全可以想象),当她已经见识过女性主义的光芒,骄傲地宣布"在爱情中没有平等?我可以不要爱情!生孩子,为人母?没必要!社会的谴责?胡扯!"时,在她细水长流的热情背后,暗藏着怎样的天真。在罗达的热烈宣言与血淋淋的现实之间,存在一片无人区,里面是未经检验的信念。对我们和罗达而言,愤怒地喊出"让这一切见鬼去吧"是多么容易。可无法控制的情感不断破坏大胆的单纯,这让我们多么痛苦。罗达无可避免地走向了让自己失望的那一刻,这时她就化作了理论与实践之间的罅隙:我们之中有许多人都曾发现自己一再置身其中。

有时我想,对我来说,这条罅隙已经成了一道深深的鸿沟。我在沟底徘徊,就像走在朝圣的路上,我依然希望死前能沿着沟壁爬上平地。

●

我家附近的教堂开设了施食处。每天早上，一队男人（我从没在队伍里见过女性）从教堂门口排到街尾，还拐了弯。他们当中有很多人站都站不稳——今天早上，我看到一个人的眼球从眼窝里脱出一半，另一个人只罩着一件小得系不上扣子的雨衣，因此部分身体露在外面——但他们总在低声交谈，互换报纸，帮中途离队的人占住位置，同时耐心地瞟向敞开的教堂大门。

20世纪30年代中期，一位名叫奥维尔·约翰的记者报道了加州因皮里尔河谷水果采摘工的一次罢工，他被罢工者的尊严深深打动，于是在文章中写下，他们拥有"值得被米开朗琪罗雕塑的残破面孔"。今天，教堂外的长队让我再次想起了那个令人难忘的说法。

●

昨天吃晚餐时，我告诉莱纳德，我刚刚看完一部30年代初的电影，女主角在片中饰演一位女飞行员（大家是这么称呼她的，一位女飞行员），一个富商深深地爱上了她。她的心灵、她的勇气、她对飞行的热情，都让他无法自拔。起初，这个飞行员如入天堂：她会应有尽有。但她刚与爱人结婚，对方就让她放弃飞行。现在她成了他的妻子，实在太过珍贵，不应再去冒险。由此可见，在富商眼中，妻子驾驶飞机的能力等于其他女人的美貌：在女性争取优秀丈夫与护花使者的比赛中，这是她手里的一张好牌。既然*比赛已经结束*，她就无须继续飞行。

这部电影是在《海斯法典》[1]生效前拍的，剧本写得很精彩——也就说，剧本是成熟的，演员也演出了恰到好处的勇气、魅力和痛苦。我问莱纳德，如今我们已投身自由主义政治四十载，为什么就不能创作出这样精妙的作品呢？没有哪部电影、哪出戏剧或哪本小说里的对白能像这部电影一样精彩地呈现我们现在的生活方式。

"很简单，"莱纳德说，"一旦冲突变得公开，政治就会繁荣，艺术则会衰落。我们这样的人只能在网上的帖子里浏览举起的拳头、粉色的丝带、写着'支持'二字的文身。"

---

[1] 1930年3月31日公布，是美国历史上限制影片内容的审查性法规，因内容过于严苛，遭到了电影创作人员的普遍反对，1966年正式被取消。

●

母亲受邀去爱乐乐团参加一年一度的赞助人午餐会，她让我当她的嘉宾，跟她一起出席。母亲参加午餐会的事，是一则家族趣闻。

她订阅爱乐乐团周五午后音乐会满三十年时，靠社会保障金和微薄退休工资过活的她收到了乐团公关寄来的午餐邀请。她以为，这是为了答谢她这位忠诚的音乐爱好者，结果对方把她招徕，是将她当作潜在的赞助人，希望她在遗嘱中提及爱乐乐团。等她意识到这是怎么回事，她说："哦，你们想要的是我的钱！好吧，我会给你们留两百的。"

那个习惯了对方会留下几千块的公关看着她，惊讶地眨了眨眼睛。"两*百*？"他难以置信地重复道。

"好吧，"她厌烦地回答，"五百。"

两人似乎同时发现了其中的误会有多深，一起哈哈大笑起来。公关当场把我母亲列为爱乐之友，从此之后，她每年都会收到赞助人午餐会的邀请。

在林肯中心的餐厅里，介绍已经开始。那位公关站在一块写满数字的黑板前，手里拿着一根教鞭，正在向全场观众宣讲。那些小圆桌旁围坐着穿蓝色西装与*丝绸长裙*的男男女女，然而，他们看上去跟我穿涤纶衣服的母亲相仿。年龄让大家变得平等。

我母亲找了个空位落座，又把我拉到她旁边的座位上，然后专横地示意服务员，给她上一份鸡肉沙拉。

"你去世后，"黑板前面的男人说，"爱乐乐团就能拿到你捐助的这笔钱，我圈出来的这几项税费都能减免。如果你选择第二个方案，你的孩子可能会抱怨，因为依照这个方案，他们会在国税局损失四万美元。但是，"他对来宾微微一笑，"你们可以轻松地解决这个问题。去买个保险，这样你就能给子女多留四万。"

母亲看着我，丝毫不掩饰自己的快乐；接着，公关继续教大家如何给这个著名的交响乐团留下整整十万美元，这时她一声冷哼，大笑起来。大家转头看她，但没关系，她非常自得其乐。我已经学会在这样的时刻保持冷静。

午餐结束后，她立刻起身，挤进了接待队伍，等着排到公关面前。人人都想跟公关握手。他看见她时，抓住她的手大声说："嗨！*你最近好吗？*"

"你知道我是谁吗？"她腼腆地问道。

"我当然知道。"他热情地回答。

她站在那里，笑容满面。他知道她是谁。她是那个打破制度的女人。她没钱，然而她来到了这里，在普罗大众将自己的部分不义之财撒向文化事业时,她一直用敏锐的目光关注着他们。这是上午的高潮,也是一天的胜利;之后都是虎头蛇尾。我极力想让母亲成为女权主义者,但我在这个上午发现,对她来说,这辈子没有什么比阶级更重要。没关系。在生命的尽头,一个跟另一个并无二致。

●

一个礼拜三的下午,天下着雨,我买票去看百老汇复排的《玫瑰舞后》[1]。虽然通货膨胀,我依然选了楼座。没关系。自打音乐涌出乐池,我再次听到它浪漫的反浪漫主义之声——如莱纳德所言,那种声音属于所有未被写出的音乐剧——我就开始沉浸在怀旧的温馨里,准备好好陶醉一番。让我惊讶的是,快乐迟迟不来,随着演出的进行,一种类似戒断痛苦的东西慢慢取代对快乐的期待。我似乎忘了《玫瑰舞后》是多么粗犷,剧中的怨恨是多么发自肺腑,激烈的鼓点又是多么绵绵不绝。转念一想,也许不是我忘记了,而是我已不再是这部我心目中标志性音乐剧的受众。

---

[1] 音乐剧,讲述的是美国著名脱衣舞演员吉普赛·罗斯·李的故事。

二十多岁时，我第一次看《玫瑰舞后》，埃塞尔·默尔曼[1]饰演罗斯——有史以来最著名的舞台剧中母亲一角。默尔曼是当代最伟大的歌星之一，表演风格也同样出彩。她的表演不加遮掩，毫发不爽，从不迟疑。她一登台，便自带气场——这种气场虽未经雕琢，却无法抗拒——我爱它。我爱它爱得回肠荡气，这让我害怕，也叫我兴奋。那种粗俗坚持所发出的震撼人心、无所畏惧、毫无保留的声音，还有声音里的强烈欲望！我对此了如指掌。它伴随我的整个成长过程。罗斯是个怪物——莱纳德说她是犹太版的海达·高布乐[2]——我看得出来，任何人都看得出来：凶猛、粗鲁、满怀渴望。好，好，好。当时我是刚脱离移民区的女大学生，只觉得这个世界属于所有人，但不属于我；一种发自内心、自行其是的能量让我难以呼吸；它让我感到自身遭到了拒斥，这种滋味可以促使无政府主义者投掷炸弹。当《罗斯登场》的歌声抵达楼座时，我心中突然洋溢着被认可的喜悦，没有什么能让它减少分毫，或是质疑它的合理性。罗

---

1 埃塞尔·默尔曼（1908—1984），美国演员、百老汇歌星。代表作有《疯狂女郎》《玫瑰舞后》等。
2 海达·高布乐，易卜生《海达·高布乐》的女主人公，她渴望美好与自由，却在现实中屡屡失意，最终开枪自杀。

斯是个怪物？那又怎样。她是*我的*怪物。她为我登台表演。很多年后，我坐在一家电影院，看一部讲述剥削黑人的电影，当银幕上的主角无情地击倒眼前所有敌人时，我听到周围都在喝彩："好！好！好！"我深刻理解观众的强烈喜悦。毕竟，我曾目睹埃塞尔·默尔曼是如何击倒他们，当时我也有同样的感觉。

《玫瑰舞后》讲的是一位著名脱衣舞女郎与她骇人母亲的故事，它的精彩之处在于它的角度。这种角度会让你"两度"聆听朱尔·斯泰恩的演唱，第一次你会在《让我取悦你》中听出孩子气的愤世嫉俗，它让你心情愉快；第二次你就会听出令人震惊的嗤之以鼻，这让你局促不安。

罗斯不管不顾地往前走，以她所需的速度和力量远离所有人，与此同时，却又一直将他们拽在自己身后。对她来说，没有任何人——包括她自己——是真实的，然而每一次告别都是难以忍受的损失。到了最后，连深爱她的赫比也要离开她，罗斯大惑不解，喊道："你嫉妒了，跟我认识的其他男人一样。因为我把女儿们排在第一位！"这时，她正准备把自己的女儿露易丝推上脱衣舞的舞台，她压低声音对露易丝说："你要答应他们的所有要求，但别满足他们的任何要求！"几秒钟后，露易丝就会变成吉普赛·罗斯·李,她走上舞台,大声宣布:"我母亲让我加入这个行业。她说:'你要答应他们的所有要求,但别满足他们的任何要求!'"接着她嘲讽地看着那些对她垂涎三尺的疯男人,对他们说道:"但我会满足你们的所有要求。只要你们开口恳求。"一个更可怕的怪物在我们眼前诞生了。

这是严峻的一刻。我们看到了这出音乐剧的走向:罗斯被拔除的渴望对人类造成的影响。

几十年后的今天,当《玫瑰舞后》演到《罗斯登场》时,我环顾四周。有那么多年轻面孔(有白人,也有黑人,有女孩,也有男孩),看上去与从前的我一样,两眼放光、张着嘴巴,大声喝彩:"好,好,好!"他们的表情越来越丰富,我自己的面孔却逐渐僵硬,我不禁思索,这件事没法跳过,只能经历。

这是无政府主义的基因,活跃在每一个生错了阶层、肤色、性别的人心中——只是它在某些人身上蛰伏不动,却在另一些人身上引发浩劫——这一点,没人比我更清楚。

20世纪70年代,大众的不满似乎在美国遍地开花,成千上万人开始发表反社会演讲、摆出反社会态度,当时激进女权主义盛行,我随她们一起发出过激的呐喊:"婚姻是一种压迫。""爱情就是强暴。""你在跟敌人上床!"现在想来,我意识到我们这群七八十年代的女权主义者,当时成了初阶无政府主义者。我们不要改革,我们甚至不要赔偿;我们想要的,是推翻制度,打破秩序,不管后果如何。当被问及(我们的确被反复问及)"孩子怎么办?家人怎么办?"时,我们咆哮(或是怒吼):"去他妈的孩子!去他妈的家人!此刻我们只想宣泄不满,并叫他人感同身受。接下来会发生什么,与我们无关!"

当自发的反抗到了这样的关口,我们这些遵纪守法的中产阶级女性听上去就像真正的暴动者,而事实上,我们只是罗斯,我们要求让自己登场。

观看《玫瑰舞后》时,"只是"这个词给我留下了灰烬般的印象。

●

前几天,我似乎看到约翰尼·迪伦坐在麦迪逊广场花园的长椅上。这当然不可能是真的,因为他已经去世,但那一刻是如此生动,让我立刻想起了他在我生命中的意义。

十到十五年前,我们常常在离家不远的地方不期而遇——要么是格林威治大道,要么是谢里登广场，要么是第五街与第十四街的交界处——这时我们都会立刻停下脚步。我向他问好，他点头致意，有那么一会儿，我们站在原地相视而笑。接着我问："最近好吗？"我静静等待，约翰尼则竭力在自己的声音里找到一个音域，好让音节一个接一个地释放出来，变成不再哽在喉头的词语。

是约翰·迪伦[1]教会了我如何等待。当时他已年过六十，比从前矮小、单薄许多，但那双蓝眼睛里闪烁着美丽的庄严，一张窄脸上也烙印着苦忍的智慧。有时候，这种耐心中蕴藏的寂静似乎无边无际，我脑中会掠过一个念头：他实在比我们其他人孤独得多。

他中了风，因此患上了失语症，也彻底终结了自己的表演生涯，那曾是纽约戏剧界最令人印象深刻的表演生涯之一。八九十年代的公共剧院一直是他的地盘，贝克特的独白是他的代表作。独白忧郁而威严，出自能完美把控素材的演员之口。中风后，约翰动用一丝不苟的意志，把自己从死亡的边缘拉了回来，这种意志直接阐释了艺术——无论是精神上的，还是身体上的——究竟是怎样创造出来的；但是谁

---

[1] 即约翰尼·迪伦的昵称，下文同。

也没指望从这张变形的嘴巴里再次听到那位伟大爱尔兰剧作家的台词。

约翰尼在韦斯特贝斯住了好些年,那里原是西村的贝尔实验大楼,1970年改建为艺术家福利住宅。它是一个方形街区,背朝西区高速和哈得孙河——约翰的单间就能看到河景——里面住着一群画家、舞蹈家、作家,若非韦斯特贝斯租金低廉,他们当中有不少人会过上靠救济金生活的日子。

我一直觉得,那些河景公寓反映了希望与孤寂的交替涌动,而这些情绪,似乎正是由建筑本身诱发的。春日里一个礼拜六的晚上,窗外河流湍急,灯光勾勒出船只的轮廓,对岸是灯火璀璨的大厦,欢声笑语从门外的走廊上传来,房间里弥漫着永恒的纽约气息;接着,隆冬时一个礼拜天的下午,灰暗的河面已经冰封,目光所及之处人影全无,城市像一幅抽象画,同样的空间如今充斥着强烈的孤独,这种孤独似乎在门外空旷的走廊上回荡,此时此刻,走廊仿佛有数英里长。

距离约翰·迪伦去世尚余几年时,有一天我收到他寄来的请柬,他邀我去韦斯特贝斯的单间听一场七点钟的朗诵会。这到底是怎么回事?我想了想,便赴约了。到了那里,我发现已有二三十个人面朝河水,坐在排成几行的折叠椅上。两扇窗户之间的空地上,放着一张木圆桌和一把椅子;桌上摆着一盏鹅颈灯和一沓手稿。我在中间那排找了个座位,与我右侧的书墙只隔一个位子。

七点到了,约翰尼走上前去,在窗户间的椅子上坐下。他将双手放在手稿上,望了我们片刻。房间暗下来,只剩照在桌上的一束光,约翰开始朗诵贝克特的独白《无所谓的文本》。他的声音——跟我往常在大街上听到的不同——此刻异常平稳,一点也不像演员的朗诵,反而像在说心里话。

"突然,不,最终,终于,"约翰轻轻地说,"我再也无法忍受,再也不能继续。有人说,你不能待在这里。我不能待在这里,我也不能继续……该怎样继续……很简单,我什么也做不了了,你们都这样想。我对自己的身体说,快站起来,我能感到它在挣扎,不再挣扎,再次挣扎,直到放弃。我对自己的头脑说,别管它了,保持平静,它不再喘息,接着,比之前喘得更加厉害……我应该放下这一切,放下身体,放下头脑,让它们自己协调,让它们停下,我不能,该停下的是我自己。啊是的,我们似乎不止一人,全是聋子,为了生活聚到了一起。"

我们坐在折叠椅上,全都挺直了脊背,许多细碎的动作尚未完成就戛然而止。在四处弥漫的沉默中,约翰又开始朗诵,可突然之间,稳健的开头后继无力,他说话时的坎坷又悄然而至。他的声音在本该低沉的地方变得高亢,在本该坚定的地方变得嘶哑,在本该克制的地方变得兴奋。可令人惊讶的是,在这个晚上,这种不稳定并没有造成负面的影响,表演依然引人入胜。慢慢地,我意识到,这是因为约翰并没有与失控对抗。仿佛他早就知道它会到来,并且提前想好了应对策略。他会顺应它,然后驾驭它,事实上,无论它要把他带向哪里,他都会加以利用。

"我在这——呃——里多久了?"我非常确定,此处应该使用沉闷的语气,可他却尖叫起来——并且这声尖叫的感觉是对的。

"好、问、题,"他匆匆念下去,"一、小时、一、月、一、年、一、世纪,取决于我所说的'这里''我''在''那里'是什么意思"——语速变得刺激起来。

他一次又一次地打滑。不管他的声音想去哪里,他都让它去;不管他的声音想做什么,他都让它做。贝克特顺应着他的表演。贝克特的文字跳舞、攀登、爬行,来表达约翰尼的声音需要表达的意思,这个作品依然扣人心弦。开始，停止，颠簸，再开始，现在听上去，仿佛这段文字专为这次朗诵而写。

接着，一个坐在墙边的男人把手伸向书架，打开了录音机的开关。突然之间，约翰二十年前的声音弥漫在整个房间，它在朗诵同一段独白。那种别具一格的活力——那无疑是开合自如"表演贝克特"的声音——深深地感染了全体观众。

"我已把自己献给了遍地的死者，"四十岁的约翰带着庄严的悲伤吟诵道，"饿死，老死，被害，溺水，接着无缘无故地，就是活腻了，没有什么比呼出最后一口气更能为你注入新生……"磁带里的声音停顿了片刻，我们毫不怀疑，这个"停顿"就写在剧本里。"头顶是光，"它继续念道，"元素，一种光，凭着这点光，生者能够找到自己的路……"它再次停了下来，优雅地倾诉道，"在少得可怜的光线下忍受折磨，真是大错特错！"

在两扇窗之间的桌旁，在那束灯光的上方，约翰的脸上有汗珠闪烁。录音机关掉了。桌旁的那个男人哽咽着小声说道："如果我回到一切终结的地方，从那里重新出发，不，那不会有任何用处，从未有任何用处，我曾尝试跳下悬崖，也曾尝试当街倒下，倒在凡人之中，却毫无用处，我只得放弃……喋喋不休,直到时间终结,每十个世纪咕哝一次,这不是我,这不是真的,这不是我,我在遥远的地方……快,快,在我流泪之前。"

录音机又打开了。

"我不知道,"那个健全的约翰说道,"我在这里,这是我唯一所知,而且这依然不是我,必须好好加以利用……放下一切吧,想放下一切,不知道那意味着什么,一切。"

录音机关掉了。

"我要去哪里,"桌旁的男人用嘶哑的声音说道,此时他已满头大汗,"如果我能去;我会成为谁,如果我能成为;我将说什么,如果我能发声;谁在这样说,说这就是我?"他停下了,"这不是我……"再次停顿。"这不是我……这是怎样的想法啊……只有我,今晚,在这世上,和一个没有发出声响的声音,因为它无法被任何人听见。"停顿。"不需要故事,故事不是必须的,只有一条生命,这是我犯过的错,其中一个错,就是想要一个自己的故事,然而,生命本身就已足够。"停顿。"我进步了。"停顿。"我在这里。"停顿。"我待在这里,坐着,如果我坐着,通常我觉得自己坐着,有时候站着,不是坐着就是站着,或是躺着,这也有可能,我经常觉得自己躺着,三者之一吧,或是跪着。"停顿。

"重要的是生存在这个世界上,姿势并不重要,只要在这世上就好。呼吸是全部所需。"停顿。"是的,有些时候,正如此刻,我似乎又回到了济事的状态。接着它消失了,全都消失了,我又变得遥远——我在远方等着自己,等待我的故事开始发生。"

就这样直到最后,四十岁的约翰·迪伦那充满激情、炉火纯青的声音,不断挑战着如今已活在贝克特剧本中的迪伦那嘶哑而高贵的声音。

窗外河水幽暗汹涌;对岸高楼耸立,灯火入云;门外的走廊上,有三人正在进行友好的争论。河水、灯光、走廊上的人声,似乎聚在一起,围住了那个筋疲力尽的瘦小身影,他坐在木桌旁,弯着腰,低着头,但没有触碰桌面。那个身影依然置身壮丽的孤独:远离痛苦、欢愉和威吓。我知道,我第一次真切地听见了贝克特的声音。

●

那是三月的一个早晨,天气寒冷而晴朗。我刚为一篇文章访问完一位政府官员,现在我坐在市政大厅对面的咖啡馆里,在吧台旁喝咖啡,吃贝果,同时回想刚才的对话,把它记在纸上。有个男人在我旁边坐下,与我相隔一个座位。他穿深色裤子与花呢夹克,大约五十岁,我猜他是一位中层公务员。我吃完、喝完、写完,便站起来收拾东西,这时他对我说:"请别介意,你写的字我一个也没看懂,但我从你的笔迹中得到了一些资讯,想说给你听。"我惊讶地说:"当然,请说。"我仔细打量了他一番,发现他戴一枚硕大的印第安绿松石银戒,打一条细领带。他朝我靠过来,缓慢而专注地说道:"你很慷慨。我的意思是,你本性慷慨,但环境不允许你这样。所以很多时候你并不慷慨。你很自信。有点咄咄逼人。而且你的字很小……你很有文化,非常聪明。"我盯着他看了一会儿。"谢谢,"我说,"你勾勒出了一个迷人的形象。"他看上去松了口气,因为我没有生气。接着我说:"我的字真的很小吗?"他点头称是,很小,他重复道,字写得小,是聪明人的标志。当然,他又说道(声音很轻),有些人的字比你的还要小上许多,他们……"不是疯子,就是天才。"我替他把话说完。他顿了一下。"是的,"他说,声音依然很轻,"通常是天才。"我站在那里,定定地,甚至可能是严肃地看着他。他露出一个微笑,说:"哦,别担心,我的字是你的两倍大。"我当时*的确*笑出了声,但那天接下来的时间里,那些话在我心中挥之不去。

●

六月的某天夜里,我到华盛顿广场转了转,这时我在面前的空气里,看到了年轻时见到的广场,它像纱幕之下的图景,浮现在眼前真实的广场背后。那是整整五十年前的事了,我和朋友常在夏天的晚上从布朗克斯或布鲁克林来到这里。我们四处转悠,看着眼前这个世界,它与我们居住的地方如此迥异,简直像在欧洲。当时广场还很整洁——小径一尘不染,长凳粉刷一新,喷泉波光粼粼——而且绿化美得惊人:成千上万片绿叶在百年古树上闪闪发光,每一丛灌木、每一片花圃都修剪得整整齐齐,而草坪就像绿色的天鹅绒。还有广场上的那些人!当时这里就是中产阶级放荡不羁的文化聚居地,女人性感,男人诗意,当然,全是白人。在我们这些满怀渴望的年轻人眼中,此情此景意味着文化与阶级特权……我们只想置身其中,完全意识不到种族与性别的问题……多年来,浪漫的憧憬在我们心头荡漾,那些惬意夏夜的美丽广场让我们魂牵梦萦。

此刻又是夏日的夜晚,我再次漫步在这个广场。街道在我的背后,我所知道的一切都铭刻在自己的脸上，我透过纱幕，直接看到了那些旧日的记忆，它们再也无法对我产生巨大的影响。我看到了广场的真实模样——黑皮肤的、棕皮肤的、年轻的；到处都是流浪汉、瘾君子和蹩脚的吉他手——我也看清了自己与这个城市的本来面目。我实现的是自己的冲突，而不是自己的幻想，纽约也是如此，我们是一致的。

●

我在广场的另一侧遇到了莱纳德，今晚碰巧他也出门散步。我开始向他讲述自己记起的事，但还没说上十句，他就频频点头。我说的事，他几乎都能心照不宣，因为许多年前，那些夏日的晚上，他也在那里。"也许我们当时想吸引的是同一个男孩，"他笑道，接着他说，"但当时我也渴望与女孩恋爱。拼命说服自己当个'正常人'。我们那时多大？十六岁？十七岁？不知怎的，我那时就知道自己永远都做不到。永远。"

我们肩并肩，往前走，谁也没说话；我们是彼此成长经历的见证人，而那两段经历竟一模一样。交流总会愈趋深入，即便友谊不会日渐深厚。

●

现在是十月。月中一个礼拜六的晚上,丹尼尔带我去炮台公园城的冬季花园,听一群文艺复兴歌唱家的音乐会。这个迷人的露天礼堂,我已来过多次,这里有大理石地面和巨大的中央楼梯,有闪闪发光的商店和餐馆,还有高高的拱形窗户,窗外满眼都是纽约港。谁会想到,这个精心打造的商业建筑和平庸的艺术作品竟成了纽约的一大享受。但事实的确如此,这里时刻人流不断,他们来购物、吃饭、闲逛、听大多数日子里会在中午十二点或晚上七八点上演的免费音乐和戏剧。

我们早早过来占座,就在拱形窗前的活动舞台附近,然后信步走开,买了三明治和咖啡,在水边坐着。夜色温柔,船只与餐厅露台的串灯照得港口与步道熠熠生辉,气氛欢乐、热烈,不知怎的(可爱的词!),还让人满怀期待。等我们回到座位上,夜幕已经降临,礼堂里人声嘈杂。我环顾四周,惊讶地发现楼梯上挤满了人,它有四五层楼那么高,像一个露天体育场,一节节退到礼堂的后上方。我在座位上转过身,感到浑身一阵激动,那是神经被触碰的感觉。一千人聚在这里,聚集在礼堂的每个角落,等待在音乐中感受自己。

几十年来，我第一次真切地感受到，莱维森体育场的精神就在我的身后，我心想，大家总跟我说，你们这些人已经成群结队地离开了这座城市，但是看吧，你们还在这里。哦，诚然，你们已经转移了阵地，你们如今不是焦点，你们不再代表这座城市，但你们在这里；我在这里；歌手们也在这里。我们所有人聚在一起，才能让这个礼堂充满欢乐，城市依然在奋斗——无论它是生是死。

●

一位朋友读了我最近在写的东西，在喝咖啡时跟我说："你把街道浪漫化了。你难道不知道吗，纽约已经失去了百分之七十五的生产基地。"我在心中凝视着每天与我打交道的男男女女的面孔。我无声地对他们说：嘿，你们这些人，有没有听见我朋友说的话？这个城市完蛋了，中产阶级已经抛弃了纽约，企业迁去了得克萨斯、泽西岛和中国台湾。你们走了，你们离开了这里，一切都结束了。但你们怎么还在大街上？

他们回答，纽约不是工作，而是气质。大多数人来到纽约，是因为他们需要关于大量人类表现力的证据；他们不是间或需要，而是每天需要。这就是他们*需要*的东西。有些人离开纽约,去了好应付的城市,这样的人离开那样东西照样能活下去;可那些来到纽约的人却离不开它。

或许我应该说,是我离不开它。

●

我离不开的是话语。世上大多数城市的居民都住在历经数百年的卵石小巷里、废弃的教堂里、建筑遗迹里,这些建筑未经挖掘,只是一个垒在另一个的上方。如果你在纽约长大,你的生活就像一场考古,不是对建筑的考古,而是对话语的考古,同样是一个垒在另一个的上方,而不是彻底取代对方:

第六大道上,两个皮肤黝黑的小个子男人倚在一辆停下的出租车上,一人对另一人说:"看,这很简单,A 是可变成本,B 是总收入,C 是营运费用。明白了吗?"另一人摇头否认。"笨蛋,"第一个人喊道,"你必须*明白*。"

公园大道上,一位穿着考究的主妇对她的朋友说:"我年轻的时候,男人是主菜,现在,他们只是佐料。"

五十七街上,一个年轻男子对另一个年轻男子说:"我没想到你们那么要好。她究竟给了你什么,竟让你这样想念她?""关键不在于她给了我什么,"另一人回答,"而在于她没拿走什么。"

正如第六大道上的那个人所言,你必须明白;可当你明白时,为时已晚。

我走在第八大道上,正值五点钟的晚高峰。我推敲着一个句子里的单词,来到了四十街的某个地方,却没发现信号灯已经变红。我的双脚已经踏上马路,一辆卡车迎面驶来,这时一双手抓着我的上臂,将我拎起,拉回了路边。那双手没有立刻松开。我被按在那双手的主人胸口。我依然能感觉到背后的心跳。我转身感谢我的救命恩人,发觉眼前是一位体重超标的中年男人,他有一双明亮的蓝眼睛、一头淡黄的头发和一张通红的脸。我们看着对方,谁也没有说话,我永远也不会知道这个男人此刻在想什么,但他脸上的表情令我终生难忘。发生了这样的事,我自己不过是吓了一跳,他却似乎因此焕然一新。他凝视着我的双眼,但我看得出来,他其实是在凝视自己的内心。我意识到,这是他的阅历,不是我的。是他感受到了生命的危急——他依然将它抓在手中。

两个小时后,我坐到了家里的餐桌旁,一边吃晚餐,一边眺望窗外的城市。今天与我擦肩而过的路人——在我脑中闪现。我听到他们的声音,我看到他们的举止，我开始想象他们的生活。很快，他们就成了我的伙伴，很好的伙伴。我暗自思量，今晚我宁愿跟你们一起待在这里，也不想跟任何我认识的人待在一起。唔，几乎是任何我认识的人。我抬头看了看墙上的大钟，它不仅能显示时间，也能显示日期。是时候给莱纳德打电话了。

图书在版编目（CIP）数据

怪女人和一座城 /(美) 薇薇安·戈尔尼克著；蒋慧译. -- 北京：北京联合出版公司，2025.5. -- ISBN 978-7-5596-7876-8

Ⅰ. I712.55

中国国家版本馆CIP数据核字第2024HW8798号

THE ODD WOMAN AND THE CITY: A Memoir by Vivian Gornick
Copyright © 2015 by Vivian Gornick
Published by arrangement with Farrar, Straus and Giroux, New York.
All rights reserved.
本书中文简体版权归属于银杏树下（上海）图书有限责任公司

北京市版权局著作权合同登记　图字：01-2024-4162

怪女人和一座城

著　　者：[美]薇薇安·戈尔尼克　　译　　者：蒋　慧
出品人：赵红仕　　选题策划：后浪出版公司
出版统筹：吴兴元　　编辑统筹：尚　飞
责任编辑：龚　将　　特约编辑：毛菊丹
营销统筹：陈高蒙　　装帧制造：墨白空间·李　易
营销编辑：陈　桦　　排版制作：文明娟

北京联合出版公司出版
（北京市西城区德外大街83号楼9层　100088）
嘉业印刷（天津）有限公司印刷　新华书店经销
字数80千字　787毫米×1092毫米　1/32　5.25印张
2025年5月第1版　2025年5月第1次印刷
ISBN 978-7-5596-7876-8
定价：48.00元

后浪出版咨询(北京)有限责任公司　版权所有，侵权必究
投诉信箱：editor@hinabook.com　　fawu@hinabook.com
未经书面许可，不得以任何方式转载、复制、翻印本书部分或全部内容
本书若有印、装质量问题，请与本公司联系调换，电话010-64072833